「それじゃあ、背中に塗って
もらえるかな？」

「は、はい……!!」

早くしないとこのキレイな背中が
日に焼けてしまう。
いや、日に焼けた七海も
それはそれで素敵だと思うけど、
それはそれ、これはこれだ。

ラウンドガール姿にドキドキ♪
ROUND

「誕生日おめでとう、七海」
「ありがとう、陽信」

その時の七海は、夜景に負けないくらいに眩しい笑顔を浮かべていた。

夜景デート♪

陰キャの僕に罰ゲームで告白してきたはずのギャルが、どう見ても僕にベタ惚れです 7

結石

HJ文庫
1114

口絵・本文イラスト　かがちさく

Contents

プロローグ　カラオケリベンジ

何かを報告するというのは、とても勇気がいるものだ。相手に何かを伝えるのは、自分が思っているよりもはるかに難しい。

小学校の時の歌の発表会とかに似ているかもしれない。……ちょっと違うか？

でも、間違えたらどうしよう、失敗したらどうしよう……そんな気持ちが心の中に湧き上がってきて満足な結果を得られない。そういう点はすごく似ている気がする。

何かを相手に報告することで……嫌われないかとか、嫌な気持ちにさせないかなとか考えてしまう。考えすぎかもしれないけど。

だから僕は、できる限り素直に率直に、回り道することなくまっすぐに言葉を伝えたいと常々思っている。人間、素直が一番……というのが僕の認識だ。

そう思うようになったのは……七海と付き合うようになってからだけど。

だけど、僕は知っておくべきだったんだ。素直すぎるのも……時には相手を不安にさせてしまうってことを。

それが僕の、小さな失敗の始まりだったのかもしれない。

「陽信、補習お疲れ様でした」

「あ、ありがとうございます」

七海がぺこりと頭を下げたので、僕もつられて頭を下げる。そう、七海の言う通りに僕の補習が今日、無事に終わった。

これで僕は、夏休みの終わりまで学校に行く必要はなくなる。ただそれだけなのに……解放感がすごかった。

補習中はこれはこれで楽でいいなとか思ってたけど、やっぱり終わってみれば補習なんて無いに越したことはないよなと考えを改める。

一緒にお昼とか、終わってからデートはしてたんだけどね。それでも、これで心置きなく七海と一緒にいられる……。

ただ僕は、補習の最後に言われた言葉を……七海にまだ言えずじまいだった。

せっかく一緒にいるんだから楽しい話題だけを共有したいなと思ったら、なかなか言い出すタイミングをつかめなくて。

重い気持ちはなるべく表に出さないようにしているし、もう少し落ち着いてからでいいかなとか思っていたらここまで来てしまっていた。

どこかで言わないとなぁ……。

こう考えると、あっさりと僕へ手紙のことを報告しにきてくれた七海はすごかったんだなと実感する。僕もちゃんとしないと……。

「じゃ、乾杯しよっかぁ。もっかいお疲れ様！　かんぱ～い♪」

「うん、お疲れ様。……乾杯」

僕がお疲れ様って答えていいのかは分からないけど、七海とグラスを軽く合わせる。グラスのぶつかるカツンという軽い音が周囲に響いた。

改めて言うまでもなく、僕等は補習が無事に終わったことのお祝いをしている。今いる場所は七海の部屋じゃなくて、前にも来たカラオケだ。

テスト明けの打ち上げのリベンジといったところかな。僕としても七海に報告するにはカラオケの方が都合がいい。結局まだ言えてないけど。

僕と一緒に歌いたいって言われたらねぇ……。ちなみに一緒にってのは、デュエットって意味の方だ。前回とは違ってそういう曲も覚えてきたから、多分歌えると思う。

それはともかく……。

「んっ……んっ……んくっ……。ぷはぁ、美味しいー」

七海は喉を鳴らしながらグラスの中の液体を飲み干すと、グラスから口を離して息を一気に吐き出す。なんとも、豪快な飲み方だ。

一気飲みしたからか、七海は少しだけ深く息を吸う。

「いや、なんでそんなお酒みたいに飲んでるのさ」

「雰囲気出るかなぁって思って、陽信もやってみてよ」

僕は七海に言われるがままにグラスに口を付け、中の液体を一気に飲み干す。

シュワシュワとした炭酸が口の中に広がって、そのまま弾けるような心地いい刺激を残した液体が喉を滑り落ちる。ちょっと気持ちいいかもしれない。

一気飲みってあんまりしたことないけど、こういう快感もあるのかと一気に飲み干し空になったグラスから口を離した。

そして七海と同じように、息を深く吸う。これは止めようと思っても止められないな。

一気飲みしてしまう大人がいるのも頷けるかも。

何故か、隣の七海がパチパチと拍手していた。

「おぉ〜、いい飲みっぷりー」

「お酒じゃないんだから……」

　拍手されるという事態に少しだけ照れくさくなる。カラオケの部屋は薄暗いから、今の僕の頬が熱を持ってることはバレていないだろう。

「そういえばお酒の一気飲みはダメって聞いたことあるけど、ジュースもダメなのかな？」

「どうなんだろ？　でもなんかあんまり身体に良さそうではないよね」

「言われてみればそっか。あ、お代わり注文しよっか。同じのでいい？」

「あ、うん。ありがとう」

　七海は電話で飲み物を追加で頼んでくれたんだけど、その時に僕の目の前には彼女の無防備な背中があった。電話中の背中って、ホントに無防備だなぁ……。

「はい、お願いしま……ヒャンッ⁈」

「あ……」

　電話を終えようとした七海が、変な声を出す。

　七海のその声を聞いた僕は、思わず身体を硬直させた。変な声を出してしまったからか、七海は持っていた電話をまるで叩きつけるような凄い勢いで置く。

　ガチャンという音が響いて、そしてお互いに無言になる。

　電話を置いた七海は、ゆっくりとした動きで振り向く。七海の顔が徐々に見えてくるのに合わせるように、僕の鼓動もゆっくりと上がっていく。

当然、彼女の眉は吊り上がり、顔を赤くさせて……怒っているのが即座に理解できた。

うん、これは僕が悪い。

いやほら、七海の無防備な背中を見てしまってこう……人差し指でツイっとやってしまったんだ。上から下に撫でちゃったんだよね……。

セクハラだと言われても否定できない。いや、セクハラって確か元は労働に対しての言葉だからここでは適切じゃないか？　って、そんなことはどうでもいいか。

僕は七海の表情を見ると、慌てて立てていた人差し指を引っ込めた。

完全に無意識だった。ちょっと悪戯してみたいって気持ちは確かに湧いてはいたけど、まさか自分がやるとは思ってなかったんだ。言い訳だけど。

七海は怒りの表情のままで、僕にじりじりと近づいてくる。まるでこれは……猫だ。獲物を目の前にした猫。タイミングを計るように、七海が少し身体を曲げる。

……なんだろうか、七海に猫耳と尻尾が見えるような気がする。猫耳の七海……アリだな。やってみてくれないかな。

僕が現実逃避した一瞬、七海は僕をめがけて……飛び込んできた。比喩じゃなく、本当にロケットみたいに僕に抱き着いてきた。

腰のあたりに抱き着いてきた七海の勢いを僕は止めることができず、そのままバランスを崩して個室内のソファに倒れこんでしまう。

七海に押し倒される形になった僕は、抵抗してもいいものか迷ってしまった。勢いがついていたけどソファのクッションのおかげか痛みはない。

柔らかい彼女の身体が僕に触れているのが分かったけど、彼女は身体を起こすことなくそのまま僕の腰から滑るように移動する。

僕の胸のあたりに顔をうずめたままの姿勢で、彼女はその両手を僕の背中に回した。

何を……？　と思ったのも一瞬。すぐに何をしたいのか理解する。

「うひゃっ⁉」

七海は僕の背中に指をあてると、そのままツーッと上へ下へと撫でまわす。いや、撫でるって言っていいのかこれは。指一本だから……なんだ？　なぞられるか？

普通にくすぐられるのとは違って、背中をなぞられるのはゾクゾクと全身が粟立つような感覚がきてしまう。笑い声も出ないし、変な声しか出ない。

いつの間にか這い上がってきていた七海の顔は、僕の耳元にあった。抱き合うような形になって、七海は僕の耳元で囁く。

「おかえし……」

耳がゾクゾクして、背中もゾクゾクして、なんかもう変な痺れが全身に広がってしまう。脳まで痺れる様な感覚……これを快感と言っていいのだろうか。

……いや、このままはまずい。少なくとも七海のなすがままはまずいと、僕はつい身体に力を入れてしまった。

すると僕の身体は何の抵抗もなく……その場で回転する。というか、なんか引っ張られるような感覚があった。もしかして、七海が引っ張った？

中学の時にあった柔道の授業で、経験者に投げられた感覚に近いかもしれない。つまり僕は自分の意志で抵抗したようでいて、七海に抵抗させられた形になる。

ソファの上で器用に回転した僕は……いや、僕等は先ほどと反対の状況になる。つまり、僕が上で彼女が下だ。そのまま僕は身体を起こして、七海を見下ろす。

七海は髪を乱しながらも、どこか楽しそうに微笑んでいた。

「きゃあー、押し倒されちゃったー」

さほど焦った様子もなく、わざとらしく棒読みで七海は悲鳴を上げながら両手を上げた。制服の端っこが持ち上がって、彼女のお腹がほんの少しだけ露出する。

「わざとやってる……？」

「あ、分かったぁ？」

そりゃ分かるよ。とりあえず僕は七海の身体を圧迫しすぎないように腰を浮かして七海の身体から少しだけ離れる。

ちょっと体勢はつらいけど、筋トレだと思えば……。

僕も七海も動くのを急にやめたからか息が小さく切れていた。少しだけ無言でお互いに見つめあうんだけど、その沈黙を破ったのは七海だった。

「何かあった？」

それだけ言うと、七海はとてもやさしい視線を僕に向けてくれる。その言葉に僕はドキリとしつつも「分かった？」と素直に返した。

七海はそりゃ分かるよと嬉しそうに笑うと、下になったままで僕に対して迎え入れるように手を広げて伸ばしてくる。

誤魔化してもしょうがないよねと、半ば諦めにも似た気持ちが僕の中に湧き上がる。というか、こんな状況なのに気持ちがとても落ち着いている。

七海の言葉で冷静になれたのかな。いや、こんな状況で冷静もくそもないけど。どっちかっていうと、冷静になれない絵面だ。

僕は手を伸ばした七海の胸に、吸い込まれるように自然に抱き着いた。そしてそのタイミングで……部屋のドアが開く。

「お飲み物お持ちしま……」

店員さんの言葉がそこで止まる。言葉と同時に動きも止まっていた。お盆に載せた飲み物を落とさなかったのは、さすがというべきだろうか。

僕は慌ててガバリと起き上がって店員さんの方へと向き直る。そうだよ、ここカラオケなんだよ。なに自然に吸い込まれてるんだ僕は。

ちょっとギャルっぽい風貌の店員さんはハッと我に返ると、お盆の上に載っていた二つの飲み物をテーブルに置いてにこやかに微笑んだ。

七海は寝っ転がったまま顔を上げて、僕は七海の隣に座る形で店員さんにお礼を言うんだけど……。

「お客様……申し訳ありませんがそういう行為はご遠慮くださいね」

「ち……違うんです、その……抱き合ってただけで行為をするつもりは……」

思わず否定するけど、言い訳にしかならないので僕も七海も店員さんに謝った。言えば言うほど墓穴を掘る感じだ……。

僕等の謝罪に、店員さんはにこやかな笑みを浮かべてそのまま去ろうとして、ドアを開けてから首だけを振り向かせた。

釘を刺されるかなとか思ってたんだけど……。

「そうそう、店内ではご遠慮いただきたいですが……そういう行為をしたい場合は川沿いにあるホテルが便利ですよ。高校生でも私服ならバレにくいです」

「はいッ⁈」

僕等が同時に上げた奇声にかまわず、それだけを言って店員さんは出て行った。カラオケだっていうのに、シーンと部屋の中は静まり返る。

えっと、ほ……ほてる？

そういう行為って……そう見えちゃったってことか？

いきなり生々しいような、直接的な存在を匂わされて……僕は飲み物を取るのも忘れて固まってしまった。

店員さんはすでにいない。

そういえば……七海は大丈夫なんだろうかと、視線だけを動かして僕は七海の方をちらりと見る。七海はというと……顔を真っ赤にして固まっている。

どうしようか、この空気……？

くそ、店員さんめ……気を利かせたつもりなのか……。というか、なんであの店員さんそんなこと知って……これ以上考えるのやめよう。

七海は僕をチラッと見ると、顔を伏せて隠してしまう。そんな七海の反応を見て、僕も恥ずかしくなってきてしまった。

心なしか、七海が僕から少し離れたような気もする……。川沿いにあるホテル……えっと……。使わないけど、なんか妙に忘れられそうにないかも。

カラオケにいるのに、僕も七海もしばらく黙ったままになってしまったのだった。

部屋に満ちた、気まずい沈黙を破ったのは僕からだ。

沈黙と言っても、別に無音だったわけじゃない。ただ僕等が全くしゃべらないから、部屋の中はとても静かに感じたんだ。

「そ、そういえばさ、補習が終わったタイミングで委員長さんから七海について言われたことがあるんだよね」

我ながら話題のミスチョイスのような気もするが、それでもどこかのタイミングで言わなきゃいけないことだ。

……実際は、何か喋んなきゃって焦って口に出ただけなんだけどね。

「私のこと？」

「あ、うん……えっと……」

七海はキョトンとしてたけど、僕は自分で言っといてちょっとだけ口ごもる。

いやまぁ、そのまま伝えるしかないんだけどさ。だけど……言いにくいことは確かだ。まるで告げ口をするみたいな後ろめたさがある。

僕はまるで重りが付いたかのように動かない口に力を込めて、ゆっくりと……ゆっくりと七海に委員長から聞いたことを告げる。

一言一言をはっきりと、思い出しながら。

『私……知っちゃってるの……茨戸さんが君に告白した理由』

確かそんな言い方だ。思い出しながらだからか、どこか彼女のようにほんの少し芝居がかった言い方になってしまったかもしれない。

僕の言葉を聞いた七海は一度大きく目を見開いた後、ほんの少しだけ悲しそうに眉根を寄せた。僕もその表情を見て……少しだけ悲しくなってしまう。

なにかを考え込むようにしてから、七海はポツリと呟いた。

「私が告白をした理由……かぁ」

その呟いた声は部屋の中に流れる音にすぐかき消されたけど、僕の耳にはこびりついたように残る。告白した理由……それは一つしかないんだよね。

「まぁ、僕はもう知っちゃってるから……あんまり意味ないんだよね」

七海はストローでゆっくりと飲み物を飲みつつ、一つ息を吐く。

そのまま半分くらい飲み物が残っているグラスを置くと、身体を投げ出すように大きく反らして足を上げた。

急に足を上げたから、その勢いが風となって僕の頬を撫でる。そして、スカートが少しだけ翻って太ももの部分が露出した。

薄暗いけど、それだけはハッキリと見えた。

視線がそこに集中してしまった僕にかまうことなく、七海は両足をそのまま器用に曲げるとソファの上で体育座りの姿勢になる。

真正面だったら……パンツ見えてると思う。

幸いなことに、僕は七海の横にいるのでここからだと角度で見えない。だから七海もこの姿勢になったんだろうけど。これを幸いと言っていいのかわかんないけど。

……パンツ見えるよ？　いや、わざわざ言うまでもないか。そういう雰囲気でもなくなったしね……。さっきとは別の意味で空気が重たくなった感じだ。

七海は体育座りの姿勢のまま、僕の方へと首をかしげながら問いかける。

「話を蒸し返すわけじゃないんだけどさ……委員長の言う理由ってたぶん罰ゲームのこと

だよね」

「きっとそうだと思うよ。一ヶ月で別れると思ってたとかも言ってたからさ」

「そっか、そこまで知ってるんだ」

少し心細そうなその言葉を受けて、僕は彼女に少しだけ近づいた。そのことに気付くと、七海は体育座りのままで僕の方に身体を傾ける。

広めのソファとはいえ、器用だなぁ。

「改めてだけどさ、ほんとひどいことしたよね私。今思えばなんであんなことしちゃったんだろって思うよ」

「それはもういいよ。僕は許しているし……何だったら僕のやってたことも似たようなものだったしさ」

そうかなぁと、七海は身体を揺らす。

落ち込んだ時は過去の後悔が押し寄せてくる……って聞いたことあるな。たぶん、今の七海はそんな感じなんだろう。

こういうときはどう対応するべきなんだろうか。

「でもさ……あんなことが無かったら七海が僕に告白することも無かったし。なんだったら、僕が七海に告白するなんてもっと無かったと思うよ？」

「え？　陽信……私に告白してくれなかったの……？」

「いや、すごくショックを受けたような顔してるけど……。僕が『七海さん、好きです。付き合ってください』って言った……」

「はい、喜んでって返事する」

食い気味に言われてしまって、僕は言葉に詰まってしまう。そうじゃない、そうじゃないんだよ七海と思ったけど、その最速の肯定に僕は思わず照れてしまった。

分かってるのか分かってないのか……。

「そうじゃなくてさ、昔の……僕と付き合う前の七海に僕が告白したとして……七海は僕の告白を受けてはくれなかったでしょ？」

改めて口にするとちょっと悲しいけど、七海は僕の質問の意図にあぁと短く答えるとすごく嫌そうな表情になった。

「確かに……断ってるよね、昔の私なら。ごめんなさいって言ってると思う」

「なんでそんな顔してるのさ」

「想像でも陽信からの告白を断るって考えたら、過去の私が嫌になって……」

過去の自分にそんなことを思うんだ……。これはこれで愛情の深さを物語ってるって言っていいのかもしれない。

……僕も負けないようにしないといけないかもしれない。油断してると、七海の愛に溺れてしまいそうな気がする。

考えすぎかな？

「そうでしょ？　まともなきっかけだったら、僕と七海は付き合ってないんだ」

付き合ってない。その一言に僕自身の背におぞ気が走る。七海と付き合ってない僕……今となっては想像もできない。

だから、第三者から見て間違いだったとしても……。僕等の間だけで間違いじゃなければそれでいい。だから委員長の登場は……今更なんだ。

七海は少しだけ気持ちが落ち着いたのか、うーんとうなりながら声を絞り出す。

「やっぱりさぁ、委員長が手紙入れたのかなぁ？」

「タイミング的にも、可能性は高いと思うよ」

はっきりと自分が入れたとは言ってなかったけど、たぶん、そうなんだろうな。それを僕に言ってきたってのがよく分からないが……。

何か事情がありそうだけど、それでも……。

「委員長、真面目だしなぁ。それなら、私がやったこと許せないってのは頷ける……」

七海にこういう暗い表情をさせてしまうのは……ちょっとだけ面白くない気持ちがある。

もちろん、七海も悪かったという点があったことを分かったうえでの気持ちだ。

「委員長さんって、そんなに真面目なんだ？」

僕は表面上その気持ちを表さないようにして、委員長の印象を尋ねる。委員長のことをよく知らないからってのもあるけど。

「うん、すっごい真面目だよ。ちょぴっと変わった部分もあるけど、不良系の男子にもひるまないで注意するの見たことあるし、正義感も強そう」

「不良相手に……って……」

真面目とはいえ、それはちょっと危険じゃないだろうか？　そもそも、不良系男子ってうちの学校にもいるんだ……。接点無いから僕が知らないだけか。

「それでさぁ……」

七海が口ごもった。僕はその様子に首をかしげて視線を送ると、彼女の言葉を待つ。ゆっくりと七海は僕の方へと視線を向ける。

「それで陽信……委員長とはいつ会うの？　私もその……」

「え？　会う気はないけど」

反射的にあっさり言う僕に、七海は驚きの表情を浮かべていた。そんなに驚くことだろうか？　と思いつつ僕は言葉を続けた。

せっかく七海とこれから一緒に過ごせるってのに……わざわざ委員長と会う日を作るとかありえないだろう。

「会わないのッ……?!」

「いや、そんなに驚くことなの……？」

「だってその……陽信は気にならない？　実際にどういう話をするのかなとか、本当は違うことを考えてるんじゃないのかなとか……」

気には……そんなにならないかな。僕が知らなかったらそういう感覚にはならなかったんだろうけどさ。

……七海の言う違うことってのはよく分からないけど。

「そもそも、いつ会うかって約束はしてないんだよね」

「そうなの？　じゃあ会うのって……」

「連絡先はもらったから。よかったら連絡してって言われててさ」

「え、連絡先もらってたんだ……」

あれ？　七海にそのこと言ってなかったっけ。隠すことでもないので、僕は七海にその連絡先の紙を見せる。実は使い方よく分からないんだけどさ。

七海は興味深そうにその紙をしげしげと眺めていた。

「って、それ私に言って大丈夫なの？」

我に返った七海がちょっと慌てたように言うんだけど、別に口止めはされてなかったし……いや、違うか。僕が七海に言うとは思ってもいないんだろうな。

「七海が嫌ならこれは捨てるよ。そこまでするものじゃないから」

「ん……。とりあえず、連絡はしてあげて欲しいかな。いつ会うかは陽信に任せる。私も一緒に話を聞きたいけど、さすがに難しいよねぇ」

僕は七海に委員長が渡してきた連絡先を見せると、七海は意外なことを言ってきた。てっきり、捨ててほしいって言われるかもと思ったのに。

そのうえ、連絡はしてあげて欲しいって……。うーん、どういうつもりなのかは後で聞いておこうかな。

「じゃ、ここで登録して連絡しちゃうね。七海も、目の前でやった方が安心でしょ？」

「いつも思うんだけど、陽信ってとんでもない行動力してるよね……」

なんかこう、呆れられてしまった気がするんだけど気のせいだろうか？

僕はそのまま、七海の目の前で委員長さんの連絡先を登録して……七海の横で彼女に会う日を決めることにした。

この時の七海の心配を、僕は察することができていなかった。

結局、委員長さんとは夏休み明けに学校で会うことにした。

七海の横で七海以外の女性と連絡を取るってのは、非常に不思議な気持ちだったよ。夏休み中は……会わないというのが僕の結論だ。

七海は何度も僕に本当にそれでいいのって確認してきたけど、僕も何度も七海にそれで大丈夫だよって伝える。

委員長さんの方も、本当にそれでいいのって僕に何度も聞いてきた。まさか、七海と委員長さんの言葉が重なるとは予想もしていなかったな。

曖昧にしてもダメだと思ったので、委員長さんには彼女以外の女性と夏休み中に二人で会う気は無いよと伝えたら……最後は納得してくれたようだ。

これで委員長さんとの話は、少なくとも夏休み中は考える必要はなくなった。

ただ、七海は委員長さんについて何か別のことを心配しているようにも見える。それが何なのか、僕にはちょっと分からないけど……。

それについては、また違うタイミングで話をしようかな。

実を言うと、今現在の僕は七海以外のことに労力を使いたくない理由があるんだよ。だから夏休みの間は……って結論にもなった。

それは何かというと……僕にとって初めての経験であり、七海にとっては初めてじゃない経験にまつわることだ。

もったいぶっても仕方ないから言うけど、バイトだ。初バイト。

「なんか緊張してきた……」

改めて初バイトって考えたら、余計に緊張してきたかも。明日から初バイト……奇しくも七海のバイト開始と同じタイミングである。

ちなみに、バイト先は翔一先輩に紹介してもらった学校近くの洋食屋さんだ。先輩の知り合いがやってるらしく、割と評判もいいらしい。

飲食店のバイト……。僕に務まるんだろうか？　選り好みできる立場ではないけど、いろんな意味で不安だ。

「今から……?!　そんなに緊張しなくても……」

七海はちょっとだけ呆れたような苦笑を浮かべている。慣れているからなのか、彼女は非常にいつも通りだ。明日からのバイトに気負いはなさそう。

「いやほら、僕ってバイトしたことないからさ。生まれて初めてのことってすごく緊張するから……。なんか震えてきたかも？」

「今からそんなに緊張してたら病気になっちゃうよ……」

「七海は、初めての時って緊張しなかったの？」

「初めては……そんなに緊張しなかったなぁ。初美達も一緒だったからかな？　何だったら陽信への告白とか、初デートの方が緊張したかも」

非常に頼もしい言葉だ。でもそうか、初デートとかの緊張に比べたらなんてこと……。

いや、僕なんかあの時より緊張してるかも。

あの時の僕は色々といっぱいいっぱいだったから、緊張する間もなかったってのが正確かもしれない。そういう意味では、今は少し余裕があるってことか。

余裕……無いなぁ……。

「緊張してるなら、おっぱい触ってみる？」

「なんでッ⁉　ってかちょっと前もこんなやり取りした気が……」

「あの時も陽信、触ってこなかったよねぇ。あ、でもこれっていやらしい意味じゃないんだよ。心臓の音を聞くとリラックスできるって聞いた覚えがあってさ」

「あー、それは僕も聞いた覚えが……。いや、なんで七海が触るほうのフォローしてるのさ。そんな身体張らなくてもいいんだよ」

七海は言われてみればと片目をつむりながらペロリと舌を出した。非常に可愛らしくもあざとい仕草である。

……ちょっと惜しい気もするけど、さすがに今ここで触るのはフェアじゃないというか。今って外だしそれはできないでしょ。

僕と七海は今、バイト前の最後のデートに来ていた。さっきまで一緒に映画を見て、今はお昼を食べ終わったところだ。

何がいいかなと思ってたんだけど、七海がラーメン食べたいというからキレイ目のチェーンのラーメン屋さんに来ている。

夏休みで結構暑いんだけど、暑いときに食べる熱いラーメンが最高なんだとか。

その気持ちは分かる……分かるんだけど……。

「それにしても、ラーメン食べたからか暑いよねぇ……ほら、汗が溜まって……」

七海は両手で胸をむぎゅりと寄せると、まるで谷間を見せつけるように前かがみになった。周囲にそんなに人はいないけど、外でその行動はどうなの……。

今日の七海は上半身が涼しげな薄着で、下はロングの足のラインとかがきれいに見えるピタッとしたパンツをはいている。カッコいいし……こう見るとエッチだ……。

さっきまでお互いに汗だくになりながらラーメンを食べていたからそこまで気にしてなかったけど、落ち着いたら非常に目に入ってしまう。

「よーしーん……汗拭いてー……」

「そこの汗を拭かせようとしないで……。顔とかならまだしも、胸とかはさすがに外では無理です。勘弁してください」

「外じゃなかったら拭いてくれるのー？」

ニヤーっと歯を見せながら笑って、七海は楽しそうに身体を揺らす。揺れるたびに汗が七海の身体を滑り落ちて、水滴が服に吸収されていく。

そりゃ外じゃなかったら……。いや、無理か……。胸を拭くとかしてみたいけど、したらどんなことになるやら……。

「ちなみに……胸の下とかも汗溜まるんだよねぇ……ちゃんとしないと赤くなっちゃったりするし、大変なんだよぉ……」

……また僕の中に、変な知識が増えてしまったかもしれない。

胸の下に汗が溜まるって……どんな？　僕は自分の胸を見下ろすけど、下に汗が溜まるという感覚が全く分からない。

変に好奇心が刺激されてしまうけど、今度見せてとか言うわけにはいかないか。さっきみたいな反応ならいいけど、軽蔑の目で見られたら落ち込みすぎてしまう。

「大変なんだねぇ……」

「そうなの、大変なのぉ……。女の子は大変なの……」

なんかここでツッコんだらさらに泥沼にハマりそうなんで、僕はそれ以上の胸の話題は掘り下げることはしなかった。しばらく頭から離れなそうだけど。

でも胸の下に汗がってどういう……？　いや、考えるな。考えるんじゃない。あぁでも、視線はそこに行ってしまいます……。くそう……。

そう思ってたら、七海とばっちり目が合う。というか、僕の視線に合わせて七海が僕の目を覗き込んできた形だ。

てっきりまたニヤッと笑われるかと思っていたら、七海は僕に優しく微笑みかける。

「緊張、ほぐれたかなぁ？」

「へっ？」

さっきまでのどこか揶揄うような色を見せていた声色じゃなく、とても優しい声色になっている。その言葉に僕はキョトンとしながらも、心臓付近に手を置いた。

さっきまであった変な感覚は、すっかり小さくなっていた。まだちょっとだけ残ってるけど、落ち着かないって程ではない。これなら……問題ないかも。

適度な緊張感は必要だって言うしね。

「うん、まだほんの少し緊張してる感覚はあるけど……大丈夫かも」

「よかったぁ。私も陽信を見てリラックスできたし、ウィンウィンだね」

「そんなに僕の慌てる姿……面白かった？」

「んー、面白いっていうか……可愛い？　ぎゅってしたくなった。ぎゅーってして、いい子いい子ってしたくなった」

……七海の可愛い基準もちょっと変わってきている気がする。いや、これは口にしている言葉から察するに母性か？

七海にいい子いい子される……。いつか落ち込んだときとかにされたいかも。

ともあれ、これなら明日からのバイトも頑張れそうだな。七海と離れて……ってのはかなり久しぶりだけど、きっと大丈夫だ。

それから僕等はお会計を済ませてお店を後にした。ちなみに割り勘……。初給料が出たら、七海に美味しいものご馳走してあげたいな。

お店を出てすぐに僕の隣に来た七海は、僕の腕と自身の腕を絡めようとして……それを途中で止める。

あれ？　てっきり腕を組むのかなとか思ってたけど、どうしたんだろ？　もしかして、暑いから腕を組むのやめたのかな。

仕方ないけど、ちょっと寂しい。

僕が内心でちょっとだけ気落ちしてると、七海は腕をフリフリと振り出した。

「ちょっと思い出したから、最後の仕上げしよっか？」

「仕上げ……？」

僕が首を傾げると、七海は自分の掌を指でなぞってから僕に向けてきた。そこにはキレイな七海の掌と、細くて長い……キレイな指が見える。

いつもキレイな指で、僕の指とは全然違うなぁと見惚れてしまう。

今日は七海、指に何もアクセサリーは着けてないんだな。そのうち、指輪とか贈ってあげたいかも。指輪……指輪か。着ける日来るのかなぁ……。

そんなことをぼんやりと考えてたら、予想外の単語が七海から飛び出してくる。

「ほら、最後に呑んでー。グイッと！」

え？　呑む？

呑むって何を……お水とか？

でも七海、何にも飲み物持ってないよね。ペットボトルとかも別に買ってないし……。

「なんか自販機で買う？」

疑問符を浮かべた僕の言葉を受けて、七海は違う違うと掌を可愛らしく左右に振る。僕はその揺れる掌を見てから、七海と視線を交差させた。

「ほら、掌に人って三回書いて呑むと緊張がほぐれるって言うじゃない?」

「あー、言うね。それは聞いたことあるかも。それで、この手は?」

「え? だからほら、掌から呑んだら完璧だよー。ほらほらー、遠慮せずー」

僕はその言葉にますます首を傾げてしまう。七海は自分の掌を楽しそうに僕に向けていた。掌から呑むって……。え?

「あれ? 呑まないの?」

不思議そうに首を傾げた七海は、掌をひらひらと振っている。

「ちなみに、呑むってどうするのかな?」

「んー、パクってしたり、キスしたり……」

あ、ほんとに呑むって話なんだ。どうしようかと悩んでいたら……七海がちょっとだけ口ごもりながら小さく最後に付け足した。

「……舐めたりとか」

それはちょっとマニアックでは?

いや違う、そうじゃない。ツッコミ所を間違えているぞ僕。そこじゃない。もっとでっかいツッコミ所があるだろうが。

もしかしたら、僕の方が間違っているかもしれないし……。確認は大事だ。何事も、確認するというのは大切な作業だ。認識の差異を埋めることができるんだから。

僕は恐る恐る七海の掌を指しながら、おずおずと口を開いた。

「それって、自分の掌に書いて呑むものなんじゃないのかな……？」

「えっ……？」

掌を向けた姿勢のまま、七海は固まった。

僕も言葉に詰まってしまう。

お互いに変な沈黙が流れて、七海は自分の掌を僕に向けたり自分に向けたりして……。

「いいから!!」

「あ、はい」

押し切ってきた。

うん、これは僕が悪い気がする。デリカシー……とはまたちょっと違うかもしれないけど気遣いが足りなかったね。

とりあえずどうしようか……。舐める……はちょっとハードルが高すぎるし、呑むしぐさをするくらいなら、キスしちゃった方が良いかな……。

……よくよく考えると、舐める方がハードル高くてキスの方がハードルが低いって、僕も毒されてきている気がする。

僕は七海の手に優しく触れると、その掌に唇を当てる。

柔らかくて、しっとりとしていて……まるで絹のような七海の肌に唇を触れさせると、その滑らかな感触を短い時間だけど堪能する。

スッと離れて七海と視線を合わせると……急に恥ずかしさがこみ上げてきた。

いや、やっといてなんだけどこれすっごい恥ずかしいな!!　なんか少女漫画とかそういうシチュエーションの行動みたいなんだけど?!

七海も七海で顔を真っ赤にしちゃってるし。いや、うん、そうなるよね。

思わず歩く速度も速くなってしまう。この頬の熱は移動速度が速いからですと言い訳するように、僕も七海もしばらく無言で歩くことになってしまった……。

ちなみに、他人の手に書いた人という文字を呑むのは茨戸家でよく行われるのだと後から七海が教えてくれた。

普段は睦子さんが厳一郎さんにしたり、逆に厳一郎さんが睦子さんにするのだとか。

だから……僕も七海が緊張した時には、僕の掌に書いた人という字を呑ませると約束することになったんだけど……。

それが実際に行われるかどうかは……神のみぞ知るというやつだった。

初めてというのは緊張するとともに、どこか奇妙な高揚感……ワクワクとした気持ちが心の中に湧き上がってくる。

不思議なものでその日が来てほしくないと思うと同時に、早く来てほしいとも思うんだ。

指先が冷たくなってピリピリと痺れて……心の動きはそういう形で体にも表れる。それを解消したくて、早く来いと思うのかもしれない。

「今日からお世話になります、簾舞陽信です！　よろしくお願いします！」

僕はできる限り元気に声を張り上げて、そのまま勢いよく頭を下げた。

今日は僕の初バイト……その日だ。だからこそ、可能な限り元気に声を上げている。緊張してるから無理してる部分はあるけど、第一印象は大切だ。

「よろしくお願いします、店長の木直仁志です」

「こちらこそよろしくお願いします。妻の木直来夏です」

優しそうなご夫婦が、僕に対して頭を下げてくる。黒髪をベリーショートにしている温和そうな男性と、明るい茶髪のショートボブに少し垂れた目が特徴的な優しそうな女性だ。

ここはご夫婦で営まれている洋食屋さんで、僕は知らなかったんだけど割と学校からは近い場所にある。

うちの学校の先生とかもお昼に食べに来たり……近いからか、たまに学校に出前とかもしてくれているらしい。

「いやぁ、標津君は夏休みの間はシフト少ないですからとても助かりますよ。なんでも、彼女のためにバイトをしたいとか？」

店長は朗らかに笑いながらいきなり僕のバイト目的を口にした。翔一先輩……確かに口止めはしていませんでしたけどまさかそこまで言ってるとは思いませんでした。

「すいません、動機が不純で……」

「いやいやいや、立派だよ。標津君なんて何を言ったと思う？」

「……先輩だし、バスケの道具を買いたいからとかですかね？」

「うちのオムライスが美味しかったから、ここで働きたいって」

……先輩、なんですかその理由。

いや、僕もバイトの面接とかしたことないからそういう理由も普通なのかもしれない。

ここは面接なしで採用されちゃったけど、もしかしたら普通なのかも。

「もう、即採用だったね。面白すぎた」

あ、うん。これたぶん違うね。面白すぎたっていうからには志望動機としては普通じゃないっぽい。

というかこの店長さんも、先輩から聞いてた通り変わった人っぽいな。

「ごめんなさいね……主人は基本的に面白い人が大好きで、採用基準がそれなのよ。普通の人は面白くないから採用しないって」

奥さんにまで謝られてしまった。いや、僕としては採用していただけたんだからその基準に対してはツッコミを入れづらいです。

ただ……。

「僕、だいぶ普通ですよ？　その理屈からいくと不採用なんじゃ……？」

そう、僕はごく普通の男子高校生だ。翔一先輩みたいにバスケが得意とかの特徴もないし、何の面白みもないんだけど……。

そう思ってたんだけど、店長さんが目をキラキラとさせながら熱弁し始める。

「何言ってんだい！　ギャルと付き合ってる普通男子ってそんな漫画とかにしかいなそうな特殊な人、面白くないわけがないでしょ！　簾舞君もじゅーぶん面白いよ！」

ええ……？　それを言われたら返す言葉もないんだけど……。

「そんなわけなんで店を開けるまでの間、君の話を聞かせてよ。面接しなかったからさ、その代わりってことでさ!!」

店長さんからグイグイと来られてしまい、僕はちょっとだけあっけにとられてしまう。僕のことを聞いても面白くないだろうし……何を話したら……。

そう思っていた僕の身体に、いきなり何かの重さが加わった。

「うぇ……ッ?!」

倒（たお）れはしないけど、バランスを崩（くず）して少しだけ身体がよろめいてしまう。いきなりなんだっ?!　え？

何か重たくて、温かくて、とても柔らかいものが僕の身体の背中にのしかかっている。なんとか身体のバランスを整えて横を見ると……そこには顔があった。

女性の顔だ。

しかもかなり派手めな。

「やっほーい、ぐーてんもるげーん。あーし、だいさんじょー。君が新しいバイトの後輩（こうはい）くんー？　これからよろしくねー♪」

僕の顔の横でピースを作りながら、いえーいとどこか陽気な口調で僕に語り掛（か）けてくる。

僕がポカンとしていると、女性はすぐさま僕から離れて踊るようにくるくると回る。

そのままキョロキョロと周囲を見回すと、不思議そうに首を傾げた。

「あれー？　今日ってシベちゃん居ないのー？」

「ナオ……標津君は今日から休みよ」

「あ、そだっけー。そかそか、それでヘルプでこの少年君が来てくれたわけだっけー」

ギャルだ、この人ギャルさんだ。しかも七海や音更さん達とはまた違うタイプのギャルだ。見た目もなんかすごく自由人っぽい。

髪色派手で日焼けもしてて、上も下もあちこち大きくて、アクセたくさんつけていて。なんかタトゥーもある？　ハート形のタトゥーが胸元からちらりと見えたような……。

ど、どうしよう。どう接すれば⁈

混乱する僕に、ギャルさんはスッと右手を差し出してくる。

「勇足ナオでーす。改めて、これからよろ～」

「あ、簾舞陽信です……。こちらこそよろしくお願いします」

差し出された手を拒否するわけにもいかず、僕はその手を握り返す。彼女がいるから握手はできませんってのも変だよね……。

……バイト終わったら、七海に聞いてみようか。セーフかアウトか。いや、これはセーフだと思うけど。それでもあとでちゃんと七海には言っておこう。

　勇足さんは僕の手を握ったまま、首を右に左にと傾けていた。なにをしているのかなと思っていたら、少しだけ眠たそうな眼をして口を開く。

「簾舞……ミスマイ……。ミスちゃんは可愛くないし、マイちゃんって呼んでいい？」

「え？　え？」

「あーしのことは、ナオちゃんって呼んでいいからー。ナオナオとかでもいいよー？」

……すっごいグイグイくる。どうしよう、今まで僕の周囲にはいなかったタイプのギャルだ。いや、ギャルってあの三人しか知らないんだけど。

　距離感の詰め方がとんでもなく速い。

　これが陽キャってやつなのか？　今までの陽キャのイメージが覆されるというか……今までの方々はなんだかんだで手加減してくれていたのかもしれない。

　握手した状態のままで僕が言葉に詰まっていると、勇足さんはほんの少しだけ不安げに首をさらに傾ける。もう身体全体が斜めになってしまっている。

「ヤだった？　ヤなら……スマちゃんとかならいいかな？」

「待ってください。僕の中で処理が追い付きませんのでもう少しゆっくりお願いします」

　情けないけど、僕はギブアップ宣言をした。

いやもう、情報量が多すぎて処理落ちしてしまいそうです。僕のスペックはあいにく低いんです。これ以上は情報過多すぎます……。

この方は今まで出会ってきた人の中でも、圧倒的にキャラ濃い方です。

……そう思ってから、ちょっとこれは失礼な言い方だったなと僕はすぐに我に返った。

謝ろうとした瞬間、彼女は特に気にした風もなく一言だけ呟く。

「そっかぁ、ごめんねぇ」

へらりと笑ったその表情は、不思議なことにどこか幼い少女のようにも見えた。

僕の初バイトは、怒涛の勢いで過ぎていく。

渡されたエプロンを身に着けて、最近だと珍しいかもしれない手書きの注文票を手にして、お客さんの注文を聞く。

夏休み期間だからてっきりお客さんはほとんど来ないのかと思っていたけど、学生は夏休みだけど社会人の方々は夏休みでは無い様で……。

お昼になると、スーツ姿の人たちがわっとやって来た。この洋食屋さんはかなりの人気店らしく、その一時間は戦場と言っても差し支えなかった。

僕はついていくだけで精いっぱいで、とにかく注文を取って店長に伝えて料理を運んで……事前に教わったことを思い出しながら必死にやっていた。

こんなに必死になったのは久しぶりだってくらい必死だった。

だけど、慣れてる人は慣れてるようで……。

「あー、ハシちゃん久しぶりじゃーん。今日の日替わりはカツレツだから、それ以外頼みなよー」

「なんでだよナオちゃん⁈　俺もカツ食いたいんだけど⁉」

「えー？　ハシちゃん揚げ物お医者さんに止められてるって言ってたじゃん、平気になったのー？」

「平気平気！　薬飲んでるしたまにならオーケー出たの。だから俺、日替わりね」

「あいあーい。そっちのお連れさんは～？　初めましてだよね？　今日はハシちゃんの奢りかなぁ。いいねぇ、奢り。あーしも奢られたいー」

そんな感じで、勇足先輩は世間話をしつつ仕事を完璧にこなしていた。常連さんと世間話をしている感じから、このお店の看板娘なんだろう。

確かにギャルだけど、エプロンがよく似合っていて……そこは少し七海と似ているかもなと思った。

先輩は仕事をしつつ僕のフォローもしてくれて非常にありがたかった。

お冷や出しとかテーブル拭き、料理の運びとかとにかく忙しくて目が回る中で僕に次に何をしてほしいかを的確に指示してくれる。

「マイちゃんー、テーブル空いたからお客様ご案内してー」

「はい！」

「おー、いいお返事――」

僕が心掛けていたのは、元気よく返事すること。これは七海からアドバイスを受けてのことだったりもする。

僕は最初、仕事もできないのに元気が良いって不快にさせないだろうかとか思ってたんだけど……それは七海に言わせれば逆らしい。

仕事ができないからこそ、元気良く。

さすがにバイト経験者の言うことは違っていた。七海も初バイトの時にそう教わったんだとか。元気良くしていれば何かミスしてもフォローもしやすいと。

勉強するのとはまた違った心構えが必要なんだなと思うとともに、働くのって大変なんだなと今実感してる。

父さん、母さん、日々のお仕事お疲れ様です。

後半はもうそんな感じで心の中で両親への感謝とリスペクトが湧き上がる始末だった。

二人はもっと早くから遅くまで働いているんだもんな……。

そして、あっという間にランチタイムが終わる。

ランチタイム最後のお客さんを見送ると、店舗が一時的にクローズになった。このお店は夜営業までの間は休憩と準備のためにいったん営業を休止するようだ。

そこで初めて……僕は張っていた気を抜くことができた。

「いやぁ、助かったよ簾舞君」

「ほんと、初めてとは思えなかったわぁ」

「そ……そうですか？　お役に立てましたかね……？」

店長さんたちの称賛の声に、思わず僕は表情を綻ばせる。今までにない疲労感で息が切れてしまっているので、半ば無理やりに笑みを浮かべた。

お客さんがだれもいなくなった店内で座ると、なんだか身体の力も一気に抜けてしまったような気がしていた。

もう立てないんじゃないかこれ？

世の社会人さん……ほんとによくずっと働けているなぁ……。尊敬する。

「ほんとほんとー。マイちゃん、めっちゃ元気良かったし良かったよー。常連さんたちも褒めてたしねぇ」

褒められる……というのはとてもありがたいことだ。なんだかその言葉だけで、疲労が少し軽減された気分になってくる。

そしてそのタイミングで、グウゥ……と僕の腹が鳴った。お昼食べないでやってたからか、このタイミングで空腹が襲ってきた。

おぉ、なんか意識すると猛烈にお腹空いてきた……。

「あはは、いい音したねぇ。まかないにしようか。なにが食べたい？」

「あーし、今日は日替わりでー！　ずーっとカツレツ食べたかったんだぁ」

「ナオ……。残念ながら日替わりは売り切れちゃったわ……」

店長の奥さんの言葉に、勇足先輩は声にならないほどのショックを受けていた。確かに美味しそうだったもんねカツレツ……。

こんがり揚がったカツにトマトソースとレモンが載ってて……付け合わせにたっぷりの野菜がついているのも嬉しいだろうな。

「簾舞君は何にする？」

「あ、えっと……僕は……」

　メニューを見せてもらうと、一つの料理が僕の目に飛び込んできた。

「じゃあ、オムライスでお願いします」

「了解。ちょっと待っててね」

　翔一先輩が面接で言ってたというオムライス。ちょっと気になってはいた。ランチでも美味しそうだなって思ってたから、食べられるのは素直に嬉しい。

　美味しかったら、七海と一緒にここに食べに来てもいいかもなぁ。

　ただ、バイト先に彼女を連れてくるってどうなんだろう？　そういうのってマナー的にだめとか無いんだろうか？　今度聞いてみようかな……。

「そいえばさぁ、マイちゃんってシベちゃんの後輩なんだよね？　どんな関係なのー？　マイちゃんもバスケするとか？」

　まかないを待っている間、勇足先輩も椅子に座ってスマホをいじりながら僕に話しかけてきた。どちらかというと、スマホじゃなくて僕に目を向けているのでスマホがついでっぽい感じだ。

　シベちゃん……標津先輩をそう呼んでる人って初めて見たかもしれない。先輩はそう呼ばれていることをどう思っているんだろうか。案外、気にしてない可能性の方が高いか。

　さて、僕と翔一先輩の関係かぁ……。友達……ってのは分かってて聞いてるよね。多分それ以外のことを聞きたいんだろう。

　さて、どう説明したものか。僕はちょっとだけ頭を悩ませて、結局は無難に曖昧に答えることにした。

「いえ、バスケ部じゃないです。その……ちょっとしたことで知り合いまして」

「あ、そーなんだー。シベちゃん、面倒見(めんどうみ)いいもんねぇ。割といじられキャラだけど後輩(こうはい)から慕(した)われてるっぽいしー」

　さすがに「彼女をかけて勝負して卑怯(ひきょう)な手で勝ちました」とは言いにくい。というか、なんでそんなことになって聞かれたら説明できる自信がない。

「勇足先輩(せんぱい)は……」

「ぶーッ、その呼び方可愛くないんだけどー。ナオナオとかナオちゃんって呼んでよー」

「すいません、僕彼女(ぼくかのじょ)いるんで彼女以外の女性は名前で呼べないです」

「あー、バイトの理由が彼女のためだっけ？　デート資金のためとか……健気(けなげ)だなぁ。んー……じゃあ……ユウちゃんでもいいよー？」

　それは妥協点(だきょうてん)になっているんだろうか？　確かに名字の一部分だけど……。僕、七海ですらちゃん付けで呼んだことなんて一回くらいしかないんだけど。

　確か一回……あったはず。

勇足先輩はどこか期待した目を僕に向けてきている。

どうしようか……と僕は迷う。さすがにバイト先でこういう要望を突っぱねるのは、これからの人間関係を悪くしてしまいそうな気がする。

先輩後輩の上下関係ってほどじゃないけど、やっぱり強く拒絶するのは雰囲気とかも悪くしてしまうだろう。

だけどほぼ初対面の女性を気安い感じで呼ぶのもなぁ……。まぁ、睦子さんと沙八ちゃんは名前呼びしてるけど、七海の家族だし例外だろう。

よし。僕の考えた結論は……。

「ユウ先輩は……」

「そーきたかぁ。マイちゃんは真面目さんだぁ……良いねぇその真面目さ！」

なんか感心されてしまったけど、僕の妥協点としてはこれが限界だ。さすがに彼女以外の女性にちゃん付けはできないので……名字の略プラス先輩呼びということで勘弁してもらおう。

勇足先輩……ユウ先輩の反応を見る限りではどうやら問題なさそうだ。これからユウ先輩と呼ばせていただこう。

「ユウ先輩は、翔一先輩とはどういう知り合いなんです？」

「ん？　シベちゃんとは幼馴染だよー。ちっちゃい頃から一緒だったんだぁ」

幼馴染ッ?!

僕は顔に驚きが出ないように心の中だけで大声を出す。

はじめて幼馴染って存在を持つ人を目の当たりにしたかもしれない。でも、先輩はそんなことを一言も言ってなかったよな……。わざわざ言う情報ではないからかな？

「幼馴染で一緒に働いてるんですか。なんか不思議な縁ですね」

「あーしと、おねぇと、おにぃと、シベちゃんの四人が幼馴染なんだよー」

ユウ先輩は自分と、キッチンで料理している店長と、一緒にいる店長の奥さんを指さす。

なるほど、このお店は先輩のお知り合いの店……って言ってたけど、正確には全員が幼馴染のお店だったというわけか。

おねぇ、おにぃと呼んだってことは……店長の奥さんと姉妹とかなのかな？　なんかさっきから姉妹っぽい感じもするし。

「あ、これおねぇの昔の写真。すっごいギャルだったんだよー。見てよこれー。めっちゃエロカワでしょー。シベちゃんなんておねぇと結婚するってずっと言ってたしー」

なんだかサラッと、翔一先輩の過去の恋愛模様が分かる発言が聞こえた気がする。もしかして先輩が七海に告白したのって、そういう経験があったのも一因なのかな。

こんど、機会があったら聞いてみてもいいかも。

「ちなみに、ユウ先輩って……高校生ですか？」

「えー？　そんな若く見えるー？　あーし、大学生だよー。ピッチピチのじょしだいせーってやつだよー」

先輩ははしゃぐようにしてギャルピースをしていた。大学生……だったのか。てことは、翔一先輩が一番年下なんだ。

なんとなく、先輩が末っ子ポジションというのは納得できる気もする。

そのあとも、ユウ先輩は僕にいろんな話題を振ってくれた。学校での翔一先輩はどうなのかとか、僕の彼女……七海のこととか。

話し上手は聞き上手……とはよく言ったものだ。僕は自分から話すのが得意な方ではないけど、先輩との会話は比較的スムーズにできている気がする。

……これも七海との経験あってのことだと思うけどね。

「はい、お待たせー。簾舞君のオムライスと……ナオのナポリタンね。後これ、初日お疲れさまってことでデザートもサービス」

そうして世間話をしていると、店長と奥さんが料理を運んできてくれた。良い匂いと温かい湯気が立ちのぼる見た目からして美味しそうなオムライスだ。

なんとデザートにはプリンだ。それも自家製っぽい感じの、市販のものよりも濃い色をしている。蒸しプリンだろうか？

うわぁ、プリンなんて久々かも。普段あんまり食べないけど、こうして洋食屋さんで出されるとテンション上がるよね。

七海にも見せてあげたい……写真撮らせてもらおうかな……？　と思ったんだけど、そういえばスマホはロッカーに入れっぱなしだった。

せっかくの料理を前にしてスマホを取りに行くのもなんか失礼な気がするし……写真は今度にしようかな。あ、ユウ先輩は普通に撮ってる……。素早いなぁ。

「あ、マイちゃん写真撮ったげるよー。ほらほら、ポーズしてー」

「へ？」

僕はとっさにピースサインを出すと、ユウ先輩はスマホで一枚パシャリと写真を撮ってくれた。急に言われたもんだから、僕間抜けな顔してないだろうか？

あとで写真送るねと言って、ユウ先輩はいただきますと口にして頼んでいた鉄板ナポリタンを食べ始めた。思わぬところで、七海に見せたい写真を撮ってもらえたかな。

冷めないうちに、僕もいただこうかな。

「いただきます」

僕は手を合わせてから目の前のオムライスに対して、ナイフを構えた。

上に載っている卵にナイフを入れると、パカリと卵が左右に分かれて下のライスを包み込んだ。割るタイプのオムライス……初めて食べるな。

これは見た目にもワクワクするなと、ナイフからスプーンに持ち替えて僕はオムライスをすくっていく。

とろとろの半熟状の卵の下にはバターライス、そしてソースはただのケチャップじゃなくてトマトソースのようだ。赤、黄色、白と目にも鮮やかな色合いだ。

スプーンの上のひと塊を僕はそのまま口に運ぶ。卵の甘味と、トマトソースの酸味が口の中に広がっていく。ともすればくどくなりそうな卵の味を酸味が引き締めている。

咀嚼すると甘い卵の香り、ふくよかなバターの香りが鼻を抜けていく。その少し後にハーブが入ったトマトソースの香りが感じられた。

食材の味が口の中で混ざり合っていく。それぞれが絶妙なバランスでお互いの味を殺すことなく広がる。

これは……。

「美味しい……」

思わず言葉が漏れ出る。

ペコペコのお腹にこの味は涙が出そうになるくらい美味い。初労働の後だからか、感動も一入だ。無限に食べられそうな気さえする。スプーンが止まらない。

「おにぃ、ベーコン変えた？　いつもより香りが強いベーコンだねぇ」

「よく分かったな。良いのが手に入ったから使ってみたんだ。どうだ？」

「うん。めちゃうまだよー。このベーコンならシンプルにほうれん草とかと炒めても美味しそう。あ、こんどほうれん草とベーコンのグラタン食べたい！」

ユウ先輩もナポリタンを美味しそうに食べている。本当に幸せそうだ。

色んな味の感想も伝えて、それに対して店長さん達も笑顔で応えている。とても仲の良い人たちだな……。

やっぱりこのお店、七海と一緒に食べに来たい。すごく美味しいし、雰囲気もいい。デートの時に一緒に来たら喜んでくれるかな……。

……七海は今、何してるんだろうか。いや、バイトしてるんだけどさ。どんな感じなのかなって気になってしまうなぁ。

やっぱり向こうのバイトも大変なんだろうか？　さっきまで僕はひぃひぃ言って働いてたから、七海も同じように必死にやっているんだろうかと思ってしまう。

なんか、離れてるからなのか七海のことばかりを考えてしまうな。寂しい……というのとも違う、なんか不思議な感覚だ。

いつも一緒にいるのに、急に離れたからだろうか？

にこにことナポリタンを食べるユウ先輩……。まだ初日ではあるけど、先輩ともうまくやっていけそうな気がする。

というか、僕が足を引っ張らないように頑張らないといけない。

「ん？　マイちゃんどしたの？　あ、こっちのナポリタンも食べてみる？　食べ盛りの高校生だもんねぇー。はい、あーん」

「あれ？　簾舞君足りなかった？　遠慮しないで言ってくれれば……」

気が付くと、僕の目の前にナポリタンが差し出されている。あ、ボーっと見てたから欲しいと思われちゃったのか。いや、そんなつもりじゃなかったんだけど。

というか、やけにあっさりとあーんしてくるな勇足先輩。この人やっぱり距離感バグりすぎてないか？　ちょっとその点は……僕が気を付けないといけない気がする。

「……すいません、彼女がいるのでこういうのは遠慮させていただきます」

悪いとは思ったけど、さすがにここで差し出されたフォークに口を付けるわけにはいかない。謝罪をしつつ、はっきりと拒否はさせてもらった。

気を悪くされたなら謝ろうと思ってたんだけど……先輩たちはどこか感心したように呆

けた表情を浮かべていた。

「おぉ、ノーと言える高校生だ……！」

「彼女いるからって断れる子、久々に見たわぁ……」

え、珍しいの……？　これが普通なんじゃないの？

彼女がいるのだから、女性との接し方には一定の距離とか、線を引かなければならないと思っているんだけど、どうもそれは珍しい部類のようだ。

「ごめんね簾舞君……妹は誰に対しても距離感が狂ってて……」

あ、やっぱり妹さんだったんだ……。店長の奥さんはユウ先輩の頭を軽くはたくと、困ったように眉根を寄せた。

はたかれた先輩はというと、特に大きく気にした風もなく舌をぺろりと出して悪びれた様子もなく朗らかに笑う。

「えー？　みんななかよしの方がいーじゃーん。ラブラブアンドピースって言うじゃん」

「あんたは距離感がおかしいの……。それでトラブったこともあるでしょうに」

「ぶー……おねぇだって超ギャルだったじゃん。めっちゃ肌焼いておにぃと……」

先輩が奥さんに口をふさがれ、それに先輩が抵抗する。それを店長はニコニコと食事しながら眺めている……。

わちゃわちゃと仲良く喧嘩するさまを僕も少し微笑ましい気分になりながら眺めていた。

そんな二人を放っておいて、店長さんは僕に向き直る。

「いやぁ、今日は本当に助かったよ。料理は口に合うかな？」

「すごく美味しいです。こんな美味しいオムライスは初めて食べたかもしれません」

「それは嬉しいね。でも、初めてなんて言っていいの？　彼女の料理の方が美味しいんじゃないかい？」

「あー、いえ。彼女のオムライス食べたことないってだけです」

店長さんはそれなら納得と肩をすくめて笑う。今度、七海と一緒にオムライスを作ろうかな。店長さんに作り方を教わりたい気もする。

「そういえば、簾舞君の彼女さんってどんな人なの？」

「えっと……すごく可愛い人です」

どんな人と聞かれて、僕はちょっと説明に困る。可愛いし、優しいし、一緒にいて楽しいし……色々と褒める言葉は浮かぶけど人にどう説明したものかは迷ってしまう。

ギャルですってのも説明していいかどうか……。

ただ、店長さんのその言葉にわちゃわちゃと仲良く喧嘩をしていた二人が、急に僕の方へと移動してくるのが見えた。

息ぴったりに僕のもとへと近づいた二人は、全く同じタイミングで口を開いた。

「どんな人か見たい!!」

揃った声がハモって、不思議な二重奏のように僕の耳に音が届いた。まさか見たいといわれるとか思ってなかった。

初日だけど、みんな随分とグイグイ来ているような……。これが陽の者の普通なのだろうか。先輩もこういうところある気がする。

今はスマホを持ってないので七海のことを紹介することはできないんだけど……たぶん、普通に言い訳としては弱いよね。スマホ取ってくればいいだけだし。

とりあえず、僕は観念してスマホをロッカーに取りに行く。用意されていたロッカーに入れていたスマホには……七海からの連絡がきていた。

あれ？　バイト中は連絡難しいって言ってなかったっけ……？

そう思って僕は七海からのメッセージを開くと……思わず素っ頓狂な声を出してしまった。あまりにもそれは……予想外のメッセージだった。

「ウェッ?!」

そこには、七海の写真が送られてきていた。

　ラウンドガールの衣装を着た、七海の写真が。

「あ、あれ？　七海、確か裏方だって言ってなかったっけ……？　え？　なんで着てるの?!　しかも写真も……?!」

　写真に写っているのは七海だけじゃない。同じ衣装を着た音更さんと神恵内さんもいる。なんか宣材写真みたいに三人でポーズを決めている。

　いや、七海は音更さんにしがみついてるだけだこれ。二人はノリノリだけど……。

　僕は改めて、七海の姿に視線を落とす。

　いや……七海、よくこれ着たなぁ……。

　上は水着よりは布面積は大きいけど、胸の谷間と肩を大胆に露出している。胸の谷間あたりはバツ印を描くように紐が通っている。

　下はショートパンツだ、お腹回りを大胆に露出……しかも、ショートパンツからも紐が出ている。見せパン……ってやつか？　紐がかなりの角度で伸びているし。

　それにしても、太ももを露出するくらいショートだから水着だよと言われても信じてしまうくらいに露出度が高い。ラウンドガールってこんな衣装を着てるんだ。

　全体的に黒い衣装だけど、それぞれで衣装に走っているラインとかの色が異なっていた。

七海は青、音更さんは赤、神恵内さんはオレンジ……。

そして、何よりも……腰のあたり、おへその横のところに……ハート形のタトゥーのようなものがつけられている。水着の時には無かったからシールだろう。

そのハートの色もそれぞれが違っていて衣装の色とお揃いのようだ。たぶん、タトゥーシールってやつなんだろう。

僕はそのまま七海の姿から視線を外すと天を仰いだ。

「七海……完全に……フラグだったね……」

今思い返すと、七海が自分は裏方だから衣装を着ることはないって言ってたやつ……あれがフラグだったような気がする。

いやまぁ、現実問題としては違うんだろうけど、それでもそう思わざるを得ない。あれで七海が着る未来が決まってしまったような気がする。

……これ大丈夫なのかな？　無理やりじゃないよね？

無理やりだったら……二人が許さない気もする。だから、ある程度は七海も了承したうえでの着用だろう。それでも、セクシーが過ぎる。

「あ、しまった。みんなを待たせてるや……」

我に返った僕は、そのままスマホを持って店長たちの元へと戻る。ちょっとだけ小走りでお待たせしましたと戻ってきた僕に、店長たちは何かあったのと声をかけてくれた。

「ちょっと彼女から連絡が来てまして」

「あれま、連絡し返さなくて平気？　僕等のことは気にしないでいいんだよ」

そういえば、写真のインパクトが強すぎて肝心の連絡内容は見ていなかった。こういう写真を送ってきている理由とかが書かれてるかもしれない。

……まさか助けを求めてるとか？　もしそうならダッシュで向かわないと。向かったところで何ができるか分かんないけど……。

いや、こんな写真を送ってきてるからそれも違うか……？　そもそも、七海が嫌がることをあの二人がするわけないし。……するわけないよね？

疑問は尽きないけど……。僕は意を決して七海から来たメッセージを確認する。おそるおそる、写真をスクロールして文字を見る。

『拝啓、陽信。バイト頑張ってますか？　私は頑張ってます。頑張らなきゃいけなくなりました。なんか女の子に欠員が出ちゃって……私も衣装着ることになっちゃった……。ただ、衣装って着た子だけがもらえるらしいんで、楽しみに待っている陽信のためにもちゃんと着ておくね!!　ひとまず写真を送ります。帰ったら……楽しみにしててね!!』

……そこはかとなくやけくそ気味とも取れる様なメッセージが送られている。いやたぶん、やけくそになってるねこれ。

でもそのメッセージを見て、僕はちょっとだけ頭を抱えてしまった。人は後半に話す内容が本音だと聞いたことがある。

建前を言って、ワンクッションおいて、それから本音を言う。

つまり、このメッセージの後半部分が七海の本音……それが意味するのは……。

これ、僕のせいじゃねーか!?

いや、これを僕のせいと言っていいのか分かんないけど。少なくとも、七海は僕のために頑張って衣装を着ているということだ。もうなんか身体張りすぎでしょ。

そうこうしてると追加で写真が送られてきた。

……両手を胸の下で組んで、胸をギュッと寄せてウィンクしてきてる。だけど冷や汗がちょっとだけ出てるから無理してるんじゃないだろうか。

よく見ると、ウィンクも引きつってるし。

うん。ありがとうござ……いや、違う。お礼を言うな僕。いや、言いたくなるけど。

くそう、今の写真で今後を楽しみにしてしまっている自分自身に若干の自己嫌悪を感じる。健全な高校生なんだから、それくらいは許してほしいけど。

「ど、どうしたの簾舞君……？」

急に頭を抱えた僕を、三人は心配そうにのぞき込んできていた。そうだ、今はまだバイト先なんだった。心配をかけてしまったか。

「えっと、どうやらバイト先で欠員が出て……彼女が予定外の仕事をすることになったみたいです。ご心配をおかけしまして……」

「あー……そういうのあるよねぇ……。大変だ」

「ええ、それでバイト中の彼女の写真が来てたんでビックリしてしまって」

「え?! それ見たいんだけどー。バイト先の制服って可愛くていいよねぇ。おにぃ、うちも可愛い制服つくろーよー。メイド服とか。マイちゃん彼女のバイト先ってどんなの？」

可愛い制服？

この衣装は……可愛い制服と言っていいのだろうか？

いや、確かに可愛いのかもしれない。女性はこういう露出度の高い衣装も可愛いと口にするイメージが僕の中にはあった。偏見かもしれないけど。

でも、七海も音更さん達も割と露出度の高い衣装を可愛いって言うから、あながち間違いじゃない気がする。

「どんなのどんなのー？」

僕が考え込んでいると、ユウ先輩はぴょんと飛ぶように僕の後ろに回ってきてスマホを覗き込んできた。

たまたま、本当にたまたま僕は七海の写真を画面に表示していたからばっちりと見られてしまう。ただまぁ、先輩もギャルだしそこまで気にはしないのかな。

いや、むしろ先輩は七海の姿を見てはしゃいでテンションが上がるんじゃないだろうか……。こういうのもいいねとか言って。

ところが、先輩からは……何の言葉も出てこなかった。

沈黙である。その姿に、僕は首を傾げたけど店長たちは苦笑を浮かべている。まるで、それがいつものことであるかのように。

先輩は静かに、とても静かに僕から一歩分だけ離れると……ちょうどそこにあった椅子に力が抜けたように座り込んでしまう。

そして……よく見ると真っ赤になった顔で僕の方へと視線を向けてきた。

「こ……これは制服には……ちょっと向かないね……。てか、マイちゃんの彼女……めっちゃ……その……」

もじもじとしながら、言葉を選ぶようにして口を開く。

「……エロいね」

……言葉選んでそれですか、先輩。

でも、そんな風に赤面した先輩の姿が……ちょっとだけ七海と重なった。

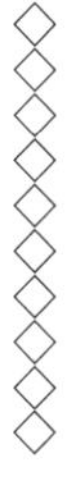

「それじゃあ、お疲れ様でした」
「簾舞君お疲れ様、また明日よろしくね」
「マイちゃーん、ちゅーすー。まったねー」

バイトを終えた僕は、七海のバイト先へと移動している。今日、七海は夜までバイトなので会えないだろうと言われていたし、僕もそのつもりだった。

だけど、ダメだった。会いたくなったってのもあるけど……あの衣装を着てるってのが大きな理由だ。

七海のところに行かないと、会場にいる選手の人とかにナンパされないかなと。そんな心配事が僕の中で頭をもたげていたのだ。

だからこう……僕らしくないんだけど、牽制(けんせい)というか、七海の彼氏(かれし)ですとアピールしに行こうかなと。さすがに、彼氏持ちにちょっかいかけないと思うけどさ。

バイト先の人たちもスキャンダルとか、そういうのはご法度(はっと)だろうし。うん、でも心配だから会いに行く。

初めてのバイト後の身体も、七海に会えるからか少しの疲れも感じない。それどころか、今すぐにでも走り出したいくらいの気分だ。

なんだろう、初バイトだったから逆にハイになってるのかな？

電車での移動中、僕はスマホの中の写真をいくつか確認する。僕と、先輩たちの写真だ。せっかくだしと写真を撮ってくれた。

四人での写真と、三人の写真とかいろいろ。あまり大きなお店じゃないけど昼間は基本的に四人、夜営業ではここからさらに人数が少し増えるそうだ。

僕は夜営業の時間はバイトに入らない予定なので、会わないままの人もいそうだな。人見知りするからちょっとありがたいと思ってる自分がいる。

でも、店長たちいい人だったし……たぶん夜営業の人もいい人なんだろう。

ちなみに、ユウ先輩はそのまま夜営業に入るらしい。自称、夜も人気の看板娘なんだとか。一日中バイト……お疲れ様だ。働くって大変なんだな……。

写った写真を見て、僕は笑みを浮かべる。写真は七海に見せてもいいよと言ってくれたし、なんだったら今度、サービスするから七海と食べにおいでとまで言ってくれた。

非常にありがたい申し出だし、ぜひと答えたんだけど……。なんとなく、なんとなくだけどバイト先に彼女と行くって照れくさい感じがする。

いや、バイト中に来られるよりはマシかな……？　バイト中の働いてる姿を見られるって何となく恥ずかしい……。

そこまで考えてふと思い至る。そうだ、それは七海も一緒なんじゃないだろうか？　実は『バイト終わったから、ちょっとだけ行っていいかな？』ってメッセージは送ったんだけど……よく見たらまだ既読になってない。

これは……もしかして嫌がられるだろうか？　七海も案外恥ずかしがり屋だし、あの格好の自分を僕に職場では見られたくないとかあるんじゃないかな。

しまった、バイト終わりでハイにはなってたけど頭は回ってなかったようだ。

僕が追加でメッセージを送ろうと画面に視線を落とした瞬間……メッセージに既読のマークがつく。

……既読になった瞬間、ドキリとして僕は身体を揺らしてしまう。メッセージって削除できたんだっけ？　そっちをすればよかったかな……。

既読になってもしばらく七海からの返事はなく、僕はスマホを操作する手を止めて画面を凝視する。

キーンという耳鳴りにも似た音が僕の中に響いて……続いて心臓の音、電車の中の音が耳に響いてきた。緊張感からか、喉が渇いてくる。

たぶん、時間にしても数秒だったと思うんだけど……七海からの返事が来るまでの間がとても長く感じた。

そして、彼女からの返事が来る。

『え、来てくれるの?! 来て来て!! ちょっとなら会えると思うから、裏口から呼んでくれれば迎えに行くよ!!』

そのメッセージを見て、僕はほっと胸をなでおろす。来ないでって言われたら……多分素直に凹んでいた気がする。

だけど気になったので、念のために僕は七海に確認する。

『大丈夫? 働いてるところ見られたくないとか……そういうの無い?』

『それはちょっと恥ずかしいけど……ほら、さすがに私がお仕事してるところは見られないと思うし。会うくらいなら平気だよー』

なるほど、確かにそうだな。衣装を着た七海がやるのはラウンドガールなんだから、確か試合の合間にリングを回るやつだよね……。それは確かに見れないや。

あー、よかった。このまま七海に会っていいんだと思うと、さっきまでの不安感が嘘みたいに僕の心は軽くなる。

　すると、そのタイミングでまた写真が送られてきた。

　そこにはどうやったかは分からないけど、『待ってるね♡』と文字が書かれた、椅子に座ったラウンドガール姿の七海の写真があった。

　露出したその長い足を組んでいて、投げキッスみたいなポーズを取っていた。冷房対策なのか上着を羽織っていて露出度は下がっているんだけど、それが妙（みょう）にカッコよく見える。

　純粋（じゅんすい）に七海に会いたいからなのか、それともこの衣装の七海だから会いたいと思ってるのか……いや、前者だ前者。純粋に会えるから嬉しいのだ。

　とりあえず、電車を降りたら僕はダッシュで会場を目指した。会場……って何て言っていいんだろうか。体育館じゃないし……施設？　会館？

　まぁ、なんでもいいか。

　場所はけっこう広めの……大型施設だ。ここ、見たことがある気がする。確か学校のなんかの部活がここで大会に参加をするとか掲示（けいじ）されていたような……。

　全然興味ないから覚えてないけど。確か、バスケ部じゃなかったはず。

『到着（とうちゃく）したよ』

『りょーかい、裏口に来てー。迎えに行くねー』

　彼女の言葉に促（うなが）されるままに、僕は正面から裏に回る。そこには警備員さんがいるようで、僕はこれ以上は無理かなとその場に留まった。

裏口は警備員さんが常駐している詰所の横に自動ドアがあって、カードキーのようなものも見える。そして、自動ドアの向こうにはさらに扉があった。

二重セキュリティ……というようなものなのかな。ドアの向こうにドアって学校では普段見ないから珍しく見える。

そして、自動ドアの向こうの扉がゆっくりと開いた。

言葉を失ってしまう。

いや、すごいな。

すごいってしか言えない。

扉の向こうから出てきた七海は、僕を見つけると嬉しそうに手を伸ばしてブンブンと振ってきた。上着も羽織ってない、肩とかいろいろ露出した状態の七海がだ。

僕も小さく手を挙げて、フリフリと左右に小さく振った。

それを見て七海はますます嬉しそうにする。

……写真で見てたから大丈夫だと思ってたんだけどさ……迫力が違うなぁ……。

迫力って言っていいのか分かんないけど、迫力としか言いようがない。衣装を着た七海という存在に圧倒される感じ……。

自動ドアが開いて、七海が小走りで近づいてくる。

僕も思わず笑みが零れる。零れるんだけど……そのあとの行動は予想外だった。

七海は勢いそのままに、僕に抱き着いてきた。

……えぇッ?!

えぇ?!　それで抱き着いてくるの……?!　あ、なんか警備員さんがチラチラ見てきている。すいません、こんなところで。

「会いに来てくれてありがとー！」

他の人の目があるから、僕も若干冷静になれているだけでたぶん誰も居なかったら大慌てしていることだろう。

抱きしめ返してもいいものか、どうしようか……。迷ってしまって手が宙ぶらりんの状態になってしまっている。

というか、七海が薄着だから肌の感触とか体温とかをとても強く感じる。

そして抱き着かれてわかったけど、この衣装……背中が完全に丸見えだ。下手したら後ろから見たらほぼ裸みたいに見えるんじゃ……？

この状態で抱きしめ返したら、確実に僕の手は七海の肌に触れる。

迷って迷って……僕は掌が七海の肌に触れないように軽く抱きしめ返した。

それを待ってたのか、七海は僕が抱きしめ返したらすぐにちょっとだけ僕から離れて小首を傾げながら笑顔を向けてくれる。

「ここじゃなんだし、中入ろっか」

「え、いいの？」

「うん。というか、彼氏が来るって話したら連れて来いって皆に言われちゃった」

皆って……誰だろう。バイト仲間さんかな？　戸惑っていると、七海はそのまま僕の手を引いて中に入っていった。

中は学校の廊下を少し薄暗くしたような感じで、どこか無機質な印象を受けるけど……スタッフさんがチラホラと見受けられる。

そのスタッフさん達も、手を繋いで歩く僕と七海をチラチラと見ている。

……そんなに目立つかな？　いやまぁ、七海が目立っているのか。

「それにしても、びっくりしたよ……。いきなりそんな服を着ているんだもん」

「驚かせちゃったよね……。私も、ビックリしたよ。いきなり欠員が出たから入ってくれって頼みこまれちゃった……。最終的には衣装とバイト代でOKしちゃった」

七海は舌をペロリと出して、ほんのちょっとだけ楽しそうにしている。頬をほんの少しだけ染めているから、まだ恥ずかしいことは恥ずかしいのかもしれない。

そりゃまぁ、ここまで大胆な衣装だと恥ずかしいよね……。

あ、そうだ……肝心のことを言ってなかった。

「七海」

「ん？　なに？」

「可愛いよ。衣装、バッチリ似合ってる」

僕の言葉を受けて、七海は目をパチクリとさせて言葉を詰まらせる。それから徐々にその表情を笑顔にして、そして目を伏せて顔を赤くする。

コロコロと表情が変わって、見ていて飽きない。

「……急になにさぁ。嬉しいけど！　すっごく嬉しいけど!!」

「いやほら、こういうのは見た瞬間に言っとかないと」

「うー……。なんか陽信が徐々にだけど確実に女の子慣れしていってる気がするよ。将来はプレイボーイになっちゃいそう……」

なにそれ。将来プレイボーイって幼稚園とか小学生に言う言葉じゃないの……？　いや、そもそもならないけどねそんなのには。

「それに、それを言ったら七海も徐々に男子慣れしているんじゃないの？　そういう衣装、昔なら着なかったんじゃない？」

「そんなことないよー。可愛い衣装はいくら着ても平気だったし、そういう衣装は別に男子のために着てるわけじゃなかったからさ」

そういうものか。まぁ確かに、したいカッコをするのが一番だし。それに文句を言われるのも違うよね。好みなら仕方がない……。

でもやっぱり、女子の可愛いは男子にとってのちょっとセクシーな衣装ってことになるのかもしれないねぇ。その辺はちょっと心配。

「じゃあ、可愛いとか言わない方がよかった？」

「それもやーだー……。だから複雑な気持ちなのー。可愛いってずっと言ってほしいし、陽信にはセクシーだとも言ってほしい」

……大丈夫？　それ、セクハラになったりしない？

でも、セクシーって言いづらいなぁ。七海、セクシーだね。うん、ちょっと口にするのは厳しい。可愛いっていうのは言えるけど。

「あ、でも勘違いしないでほしいんだけど」

「ん？　勘違い？」

「この服は、陽信のために着ているんだからね」

そして七海は、ニシシッと歯を見せて悪戯っぽく、小悪魔っぽく笑った。

……うん、見事に反撃(はんげき)されちゃったな。

言葉に詰まった僕だけど、それはどうやらちょうどよかったようだ。七海がとある扉の前で歩みを止めて、そのまま扉を叩(たた)く。

コンコンコン。

ノックは三回。ほどなくして、中から声が聞こえてくる。誰の声か分からないけど、女性の声だ。

そのまま、七海は僕の手を引いて部屋へと入っていく。部屋に入る直前、部屋の扉にある文字が確認できた。

スタッフ控室(ひかえしつ)

どうやら、ここが七海たちの控室のようだ。たぶん、音更さん達と三人でいるのかな？

そう思って部屋の中を確認すると……。

「わぁわぁ、これが茨戸ちゃんの彼氏なのー？　なんかふつー？　ふつー？」

「そう？　結構可愛いじゃない。うん、アタシはイケるかな？　イケるわ。イコうかしら」

「イクな。他人の彼氏をつまみ食いしようとするんじゃねぇ、ビッチが」

なんと、いつもの三人以外にも女性が居た。みんな色違(いろちが)いの同じ衣装を着ていて……それぞれが僕をまるで吟味(ぎんみ)するような視線を送ってきている。

視線を他へと向けると、音更さんと神恵内さんがちょっと引きつっていた。男性は……あ、いる。総一郎さんと、知らないイケメンさんだ。

あまり広い控室ってわけでもないのに、こんな大人数で狭くないんだろうか？　まずは……総一郎さんに挨拶しようか。

「総一郎さん、お久しぶりです。図々しくも、お邪魔させていただきました」

「いやいや、よく来てくれたよ!!　久しぶりだなぁヨウ、プール以来か。ちゃんとナナとラブラブな行動しているかぁ？」

「はい、七海にはちゃんと好きって伝えてますし、夏休みもたくさん思い出を作りたいと思ってます」

「お、おう……。揶揄ったつもりなんだが、お前はナチュラルに惚気るのな……俺も見習ったほうがいいかな……？」

揶揄ってたのか。てっきり、七海の兄貴分としての心配かと思ったのに。真面目に答えて恥ずかしくなってきてしまった。

総一郎さん、試合の日だって聞くし、ちょっとテンションが高いのかな。相変わらずいい筋肉をしている。すぐ脱げるようになのか、シャツ一枚に下は短パン姿だ。

となりには……これまたイケメンの格闘家さんがいる。顔に傷があって金髪……妙にその傷がサマになっている。でも、街中で会ったら確実に僕は逃げ出すタイプの人だ。

総一郎さんは割と表情は優しげだから平気だけど、こちらさんにはビビってしまう。なんか僕、睨まれてるし。気のせい……じゃないないなこれ。

とりあえずどうもと会釈をしたら、普通にどうもと会釈を返してくれた。

割と、いい人なのかな？

「こんだけのエロいおねーさんに興味向けられてて、ソウくんにいきなり挨拶とは……。おもしれー男……イケるわね……」

「いや、知り合いに挨拶するのは普通だろ。なんでいきなりこっち来ると思ったんだよ」

なんか変な方向で僕の話題が出ている気がする。そちらの女性の方々にも挨拶をしようかな。うん、挨拶は大事だ。そう思っていたら……。

「ほらー、お前ら行くぞー。次はうちら四人の番だからなー、待機場所いくぞー。忘れ物ないかー？」

音更さんが立ち上がって、僕の知らない三人を引っ張っていく。ちらりと僕の方へと視線を向けると、そのままウィンクをしてきたので僕は笑顔で会釈した。

「あー、次私たちかー……。見られに行くかぁ、見られるのって気持ちいいよねぇ……」

「初美ちゃん待って、可愛い男の子に挨拶だけさせて！　……微妙に服引っ張らないで！

て部屋からいなくなる。

「はいはーい、お騒がせしましたー。あ、茨戸ちゃんの彼氏さんゆっくりしていってなー」

僕に値踏みするような視線を送っていた三人の女性は、そのまま音更さんに引っ張られ

分かった！　誘惑しない、しないから!!」

最後にゆっくりしていってと言ってくれた方に、僕は軽く会釈して挨拶をした。向こうは親指を立ててサムズアップすると、もう一人の女性にズルいと言われながら去っていく。

……うーん、皆さんキャラが濃かったなぁ。

「神恵内さんは行かなくていいの？」

「私と七海のローテは次だから～。だから簾舞はベストタイミングで来たねぇ。今なら七海とお話し沢山できるよー」

「そうだったのか。確かにタイミング的にはよかったかな」

「でも確か、今日は七海イベント終わりまでだから会えないって言ってなかったっけ？　なんでわざわざ来たの～？　会いたくなった～？」

その質問に、僕はとっさに答えを口にできなかった。いやその、会いたくなったからは会いたくなったからなんだけど……。

それ以上に、心配だったからってのが大きい。それを素直に伝えたら重く感じるとか、

七海を信用してないとか思われるんじゃないだろうか。そんな考えが少し浮かぶ。

ただ、それについては七海も神恵内さんと同意見なのか……ちょっとだけ首を傾げて僕の顔を覗き込んできた。

どう説明するか……。考えた僕の結論は……やっぱり考えてることを全部伝えることだった。

「その……会いたくなったってのはその通りなんだけどさ、心配にもなって」

「心配？　何の心配？　帰りなら、総兄が送ってくれるから大丈夫だよ？」

「そっちの心配じゃなくて、その……七海は可愛いじゃない」

「いきなりの～ろけてきた～」

神恵内さんはケラケラと笑って、座っている椅子をクルクルと回転させる。遊ぶように回転させる彼女に、僕は言葉を続ける。

……七海が一瞬で赤面してしまった気がするけど、今は気にしないでおこう。

「そんな可愛い七海が、こういうセクシー極まる衣装を着ているわけじゃない。僕は見た瞬間に悩殺されたんだけど、たぶん周囲もそうだと思うんだ」

「悩殺されたんだ……」

ポソッと呟いた七海の声が聞こえてきたけど、とりあえず今は僕の来た目的を続けよう。

たぶん、話が進まなくなる。

総一郎さんも、どこか興味津々という様子で僕を見てきている。隣のもう一人の方も僕を見ているようだった。……睨まれてるっぽいけど。

「僕として一番心配なのはナンパだよね。七海がそういうのについていくってことは……絶対にありえないと思ってるけど、僕が心配してるのは……」

そこで一度、言葉を区切る。

考えながら、喋りながら、僕の中の気持ちを整理していく。事前にそういう考え方ができていたわけじゃない。

だけど、言葉にすることで徐々に自分の気持ちが整理されていく。

そうだ、僕が心配していたこと、危惧していたことは……七海がナンパされてついていくとか、ナンパに乗っちゃうとかそっちじゃなかったんだ。

心配だったのは……。

「最近はだいぶ……だいぶ七海も男子に慣れてきたと思ってるけど、それでもやっぱりナンパ自体が怖いんじゃないかなと。そう思ったんだ」

それだ、僕が危惧してたのは。

だったらそんなカッコしなければいいのにとかもあると思うけど……着ている服が露出

度高いからナンパされていいなんて話はないわけで。

　それが僕の、七海に対しての心配事。

「それなら、初日に僕が来て彼氏ですって牽制しておけば……ある程度は抑制できるかなって思ってさ。思わず飛んできちゃった」

　もちろん、それでナンパがゼロにならないことも分かってる。彼氏がいるって分かってても……僕ならいいだろってナンパするやつもいるかもしれないし。

　もしかしたら、僕に敵意が向いたりする可能性もある。それでも、七海の不安が少しでも軽減できるなら……ここで僕が前に出る意味はあると思う。

　それが、僕のしたかったことなんだろう。

　喋っててようやくそれが自覚できたあたり、僕もまだまだだな……。

「とまぁ、そういうわけなんだけど……答えになってるかな」

「うん。いつもの簾舞だってよく分かった。七海真っ赤だし、ラブラブだねぇ～」

　へらりと神恵内さんが笑って、七海は僕にピッタリとくっついてきた。背中にやわっこいものがあたっています。冷静になれ僕。

「ありがと……」

　背中から聞こえてきた小さなそのお礼の言葉だけで、全てが報われる気がした。

僕はちらりと総一郎さんを見ると、総一郎さんはなんか笑って……あれ、なんか横の人がプルプル震えて総一郎さんそれ見て笑ってる？

隣の人は震えながら僕をキッと睨んでくる、僕はちょっとだけビビってしまうんだけど、次の瞬間……驚くことになった。

「茨戸ちゃん、彼氏ほんとにいたのかよぉぉぉぉぉ!!」

隣の人が、泣き崩れた。

えぇ……？　年上のガチ泣き初めて見たんだけど。なんか昔の絵文字みたいな感じで地面に両手をついて男泣きをしていた。

「だーから言ったろうが。ナナにはラブラブの彼氏がいるって」

「ちくしょぉぉぉぉ!!　何で俺が可愛いと思った子はすでに彼氏がいるんだよぉぉぉぉ!!　モテたいから強くなったのにいっこうにモテねぇぇぇぇぇ!!」

声でっかいなぁ……。なんか部屋全体がビリビリと揺れている気がする。長時間聞いていると鼓膜が破壊されそうなくらい声がでかい。

神恵内さんは耳を塞ぎながら、椅子からぴょんと飛び降りる。椅子の音は……泣き声にかき消されて全く聞こえなかった。

「それじゃ、しばらく二人きりにしてあげるね～。総兄、行こ～」

「だな。おい、泣いたままでいいから行くぞ」

「ぐすっ……ひっく……。押忍……うぅ……」

三人はそのまま、僕と七海を残して控室から出ていく。

色んな意味で申し訳ないなと思ったんだけど、二人が出て行った後の神恵内さんの言葉で、それも吹き飛んだ。

「あ、えっちぃなことはしない方がいいよ〜。たぶんカメラないけど、声筒抜けだし〜。どーしてもやるなら声我慢してね〜」

僕等がその言葉に何かを返答するよりも早く、神恵内さんは去っていく。去り際にドアの隙間から手を伸ばしてひらひらさせながら。

後には……ラウンドガール姿の七海と、僕だけが残る。

ほんのちょっとだけ僕も七海も黙って……無言のまま、控室にある椅子に二人で座った。お互いに向かい合うようにして、お互いに牽制するように無言になる。

その沈黙を、僕は意図的に破った。

「ごめんね、七海。なんか信用してないみたいになっちゃって。心配だったからさ」

「んーん。陽信の気持ちは嬉しいよ。すごく嬉しい。心配してくれてありがと」

その一言でホッと胸を撫でおろす。よかった……と思ってたら……。

「実はね、私も陽信が心配だったの」

「え？　僕が？」

七海はそういうと、スマホの画面にある写真を出す。それは、僕が七海にお返しで送ったバイトの人たちと一緒の写真だ。

「この人、すっごい美人だよね。普通に服着てるのに妙にセクシーだし、まさかこんな人がバイト先にいるなんて……思わなかった」

「あ、でもユウ先輩は良い人だったよ。バイトに不慣れな僕をたくさん助けてくれたし思ったより真面目だったし」

「ふぅん……ユウ先輩って言うんだ。そんなに頼りになる人だったんだ？」

心なしか、七海がちょっとだけ……ほんのちょっとだけむくれているような気がする。どうしよう、まさか写真から変な誤解を与えるとは思わなかった。

怒らせちゃったかなとか思ってたけど、そうじゃなかった。

七海は唐突に何かを思いついたように椅子から立ち上がって……僕の椅子に座りだす。正確には、僕と真正面に向くように僕の上に乗ってきた。

真正面に、僕の視界に……彼女の……胸元が……。

「でも、心配だしさ……マーキングしちゃってもいいかなぁ？」

「え？　え？　ええ……?!」

混乱する僕に、七海は艶っぽい楽しそうな笑みを向けてくる。僕等がお互いにそのマーキングを付けることになるのは……また別の話だ。

どうしてこうなった。人はこの言葉を生涯で何回言うんだろ？　私はもう、人生何回かもわからないどうしてこうなったを今日も口にしていた。

「……まぁ、陽信が喜んでくれたからいいか」

音兄に紹介されたバイト先、格闘技のイベント……私は最初そこの売り子のスタッフとして働くはずだった。グッズとか、そういうの。

それが今、こうやってリングの上を練り歩いているんだから不思議なものだ。

女の子で一人の欠員が出て、バイト代も弾むからと言われ、私は渋々ながらそのお願いを承諾した。衣装は着る人にしかもらえないみたいだし……。

でも今更だけど、別にラウンドガールは無理して六人じゃなくて、欠員のいる五人のままでもよかったんじゃないの……？

選手の写真を撮るときに左右にラウンドガールをいっしょに並べて、その時のバランスとか、見栄えを考慮して六人にしたらしいけどさぁ……。五人でもよかったんじゃ？

華やかなスポットライトを浴びて、私はラウンドが書かれた板を持ってリングをゆっくりと歩く。その間、周囲からの視線を全身に感じていた。

その視線を受けている私は、陽信と出会ってなかったらこんな風にバイトを受けることも無かっただろうなってぼんやりと考える。

この沢山の視線……。かつて、通学時とか高校でも感じていた視線を、もっともっと強力にしたようで……。背筋はちょっと寒くなる。

それでも、その視線を受けてちゃんとお仕事できているんだから、私も成長したなぁ。

うん、これは自画自賛だね。あんまり気持ちのいいものじゃないけど、そうして私は気持ちを奮い立たせていた。

だけど今は、今だけはその自画自賛がなくてもちゃんとできると思う。

なぜなら……私は歩きながらチラッと視線をとある席へと向けた。

そこには一人の男性が……陽信が、椅子に座って私を見ていた。

ちょっと頬を染めて、リングを見上げるようにして視線を私という存在に向けている。

ただ一点を凝視……私を凝視しているのだ。

その視線一つだけで、他の何百という視線を無視できた。彼がひとりいるだけで、こうも心構えが変わるのか。もっと見てほしい。

陽信を引き留めてくれた音兄には感謝だなぁ。ちょっとだけ見てけよって言って……遠慮する陽信にこっそり席を用意してくれたんだよね。

……後で怒られるかもって言ってたっけ。まぁ、その辺は音兄に任せちゃおう。とにかく私は自分の仕事っぷりを陽信に見てもらわないと。

私は誰にも分からないように、彼にだけウィンクを送る。

ちょっと彼の周囲がざわついた気がするけど、私がウィンクを送った陽信はますます顔を赤くする。それでも、変わらず笑みを私に向けてくれる。

私の胸の中に温かい……熱いといってもいいくらいの気持ちがこみ上げた。

外に出さないと火傷しちゃいそうなその想いを、きっと私はいつか彼にぶつけるだろう。いつか、その気持ちで彼を燃やして……取り返しのつかないくらいの火傷を負わせる。

火傷を負った彼に優しくして、治して、癒して、残った傷跡を愛おしく思いながら撫でて……またきっと彼を燃やす。ドロドロな、私の気持ちをぶつけてしまう。

そんな確信にも似た予感が、自分の中にある。

そんなどこかポエムみたいなことを考えちゃうんだけど、いやまぁ、そうやって誤魔化さないと耐えられないのだ。

外には出さないけど、私にはそんな気持ちが渦巻いてる。言語化しておかないとわけが分からなくなるし、暴走しちゃいそう。

最近思ったんだけど、私……大分気持ちが重い部類の女だなと。もしかしたら、男性を苦手にしていたのはこの思いを拒否されたらどうしようってのもあったのかもしれない。

今にして思えばって話だし、そもそも間違いかもしれない。このどうしようもないけど、切り離せない感情が何なのか説明がほしいだけかも。

自分がこんなに重たい女だとは思ってなかった……。もうちょっとこう、サバサバとまではいかないまでも、あっさりしてる女かなと。

どっちが良くて、悪いのかは分かんないけどさ。

少なくともそんな私を陽信は受け止めてくれているわけで……。そうじゃなかったら、どうなってたんだろ私。なんかもう色々ダメになっていた気がする。

……まぁ、今の私がこんな気持ちになっているのはいろんな理由がある。そのせいでさっき、大胆にも陽信の上に乗っかっちゃったわけだけど。

乗っかるって、ちょっとエッチな言い方かもだけど。エッチなことはしてない。ただこう、彼の膝の上に座って、向かい合わせになって……。

うん、この衣装だとちょっとまずかったか。

やってしまったものは仕方ない。今度やるときはもうちょっと慎重に、色々と考えてやることにしようかな。

理由、理由だ。なんでそんなことをしてしまったのか、その理由を……私は陽信にまだ言えていない。

彼はなんでも話してくれるのに、私が話さないってのはちょっと卑怯な気もするけど、この気持ちはなかなか言いづらい。

なんせ、私の思いはきっと杞憂だからだ。

この気持ちのきっかけは、きっとあの手紙だ。委員長から送られてきた、私に……罰ゲームが終わっていないかを聞いてくる手紙。

ただ、手紙を私に送ってきただけならきっとこんな気持ちになっていなかったと思う。

問題はそのあとだ。そのあと……委員長は陽信に言ったんだ。私が何で彼に告白したのかを知っていると、彼に告げた。

全部知ってるからと、陽信はそれを何でもないことのようにあっけらかんとしていたけど、その時私の中にはある一つの疑念が浮かんだ。

なんで私にも、陽信にも告げたんだろうって。

そもそも、私一人に言ってくれれば済む話だ。もしくは、陽信にだけ言えばいい。それをあえてしなかった理由……もしかして……と、私は一つの考えに思い至る。

もしかして、委員長も陽信のこと好きなんじゃ……？

そんな疑念だ。

普通なら一考すらしない、笑い話にもならない、可能性すらないと思う話。そもそも陽信は委員長の名前すら知らなかったんだ、そんなわけがない。

普通なら……そう考える。普通なら。

でも、私は私という存在を知っちゃっているんだ。陽信のことを知らなくても、彼と一緒にいて、彼を好きに……大好きになった自分を。

自分がそうだったのに、他人がそうじゃないってどうして言えるの？

……まぁ、私が特別ちょろいってのは否定しないし、大いにあり得ることでもあるけど……それだってほかの人がそうじゃない保証はない。

疑問を抱いたら、後はもう可能性だけで十分だった。

証拠（しょうこ）があるわけじゃないし、別にそういう匂わせを見たわけでもない。でも、疑うってことだけで委員長の今までの行動全部が怪（あや）しく見えてくる。

もしかして補習になったのって陽信と一緒にいるためじゃないかなとか、一緒にお昼を食べなかったのは私と一緒が嫌だったのかな……とか。

肯定する材料も、否定する材料もないからやっかいだなぁ。疑念が次から次に浮かんでは消えていく。せめてどっちかに偏ってくれれば……。

そんなことを考えていたらあっという間にリングを回り終わった。私はちょっと慌ててリングから降りて控えスペースに戻る。

残念ながら陽信の近くじゃないけど。

さすがに陽信は普通の席にこっそり紛れてるから、そこにこんなカッコで入ってってたら騒ぎになっちゃう。だから、我慢我慢。

たまたま空いてる席だから……陽信はずっといるわけじゃないんだし。

私たちがリングを降りるとほどなくして試合が再開された。音兄はメインイベントなんでまだちょっと出番は先だけど、この試合もすっごい白熱してる。

「ねぇねぇ……茨戸ちゃん、茨戸ちゃん」

私はチラッとリングじゃなくて陽信の方へと視線を向けた。最初は試合に戸惑っていた彼も、白熱しているからか真剣な視線を送っていた。

かわいい。

思わず身体が動いちゃってたり、周囲の人に合わせて歓声を上げたり、慣れないのに一して言いたい。

生懸命なところが可愛すぎる。

男の人に可愛いって言うのはあんまり喜ばれないだろうけど、それでも私は声を大にして言いたい。

陽信は可愛い。

もちろん、カッコいいところも多いしドキドキさせられることもあるけど……。

「おーい……茨戸ちゃーん……聞いてるー？」

「へっ？　え？　あ、なんですか？」

熱中しすぎて、小声で話しかけられていることに気付かなかった。隣りのラウンドガールのお姉さんに話しかけられた。確か……リナさんだっけ。

「もう、夢中になってたけどそんなに試合面白い？」

「あ、いえその……えっと……」

「それとも……彼氏さんの方見てた？」

あちゃ、バレてた。リナさんはそんな私をどこか微笑ましそうに見ている。でもさっき、陽信のことイケるって言ってたよねこの人……。

どう接していいかなと思ってたら、私の態度からそれが伝わってしまったのかリナさんはなぜかセクシーに足を組み替えながら肩をすくめる。

「もしかして、私が彼氏さんのことイケるって言ったから警戒してる？　だいじょぶだいじょぶ、私……他人の彼氏に手は出さないからー。揶揄いはするけどー」

「あ、そうなんですね。いや、揶揄うのも遠慮してほしいんですけど……」

「別れたらパクっとイッちゃうね」

「別れませんよッ?!」

　小声でケラケラとリナさんは笑う。安心したけど、それと同じくらい警戒心も強まった気がする。セクシーすぎるお姉さん……。陽信のバイト先の人を思い出しちゃうな。

　改めて、ちょっと不安になっちゃう。

「それにしても……彼氏さん、面白いよね。茨戸ちゃんにぞっこんって感じで……私に視線も向けなかったしぃ……ちょっとプライド傷ついたわ」

「……そうなんですか？」

「さっきの控室で……チラッとも見てこなかったわぁ……。普通はこんなカッコしてれば視線くらい向けてくるのに。あ、改めて考えたらまた凹む……」

　ちょっと嬉しいな。あの時、控室には私よりキレイで可愛い人ばっかりだったから……陽信の視線がそっちに向いちゃうのは仕方ないって思ってた。

　でも、意識的なのか無意識なのか分からないけど……陽信は視線を向けていなかったわけだ……。

私以外には。

どうしよう、嬉しい。ニマニマと口角が上がるのを自覚してしまう。私は陽信の視線を感じていたけど……ほんとに私しか見てなかったんだ……。

ちょっと恥ずかしいなとか思ってたけど、このカッコしてよかったってちょっと思っちゃった。いやまぁ、もらって帰って後で見せるつもりではあったけどさ。

でも、私一人の状態で私を見てくれるのと皆がいる中で私しか見てないってのは……ちょっと違うよね。

見てもらうのが気持ちいいって、ちょっとだけ気持ち分かったかも。

……いけないいけない、こんなことで優越感みたいなのを感じちゃうのはダメだ。うん、あくまで陽信は私が彼女だから見てくれてるだけ。ちゃんと自覚しよう。

えへへ、でも嬉しいな。

「……茨戸ちゃん見てると飽きないわー……コロコロ表情変わって可愛い。うん、イケる」

急になんか、背筋がゾクッとした。え、え？　なんで？　きょろきょろと周囲を見渡すんだけど、別に変な視線は……今は感じない。

「リナさん、なんか言いました？」

「んーんー、なーんにもー」

なんか小声で言ってたような気がしたけど……気のせいかな？　まぁ、いいや。

今日は良い日だ。おかげで私の中にあったモヤモヤとかもどこかに吹き飛んじゃった。

今日は……一緒に帰るのが難しいけど、陽信とデートするのが今から楽しみだぁ。

これからのバイトもがんばろ。バイト期間は……イベント期間が三日間だから、三日後にはデートできるなぁ。

バイト代もすぐもらえるし、服ももらえるし……。いいことずくめだぁ。バイト代出たら陽信と旅行とか……二人で……。

この服持って旅行……旅行先……泊まり……イベント……。

「彼氏さんは、飲食系でバイトしてるんだっけ？」

私が妄想にふけってたらリナさんが仕方ないなぁと苦笑を浮かべていた。うん、お客さんもいる場所だし変なことはほどほどにしないと。

私はうきうきと弾む心を抑え込みながら、とりあえず妄想を後回しにする。

「そうなんですよー、今日は初バイトの帰りに寄ってくれたみたいで……」

「へぇ、初バイトなんだぁ。じゃあ働いてるとこって見たくならない？　普段と違う姿ってギャップでドキッとするし……」

「見たいですねぇ、写真は送ってくれたけど働いてるところじゃないし……エプロンしてるのは可愛くてよかったんですけど……」

「エプロン姿に興奮した？」

「なんでそっちに行くんですか⁈」

……興奮は、してないと思う。うん、可愛いって思っただけ。思っただけだから。

「そんなに可愛いならこそっと見せてよー。写真、こそっとさぁ？」

悪びれもせずちっちゃく手を合わせて、リナさんは可愛くおねだりしてくる。くそう、人に爆弾発言しといてこのエッチなおねーさんはどうしようもないなぁ。

なんだかんだ言って、こういう発言を許してしまうのは私がお人よしだからかチョロいからなのか……。

今は試合中だから後でならって言ったら、リナさんはちょっと拗ねたように口を尖らせていた。さすがに控室じゃないからね……。

リナさんも、拗ねたのはポーズみたいだ。すぐに試合に視線を戻す。ほんと、黙っていれば美人だよなぁ……。無駄にエッチだけど……。

おっと、私も試合をちゃんと見ないと。

それからほどなくして、私とリナさんの出番が終わって交代の時間となる。やっと休憩……歩くだけなのに見られるからか疲労感がすごい。

控室に戻ったら、さっそく写真をねだられた……。まぁ、チラッとならいっか……と、私は陽信が送ってくれた写真をスマホに表示してリナさんに見せた。

ちょっとした彼氏自慢の気分である。後で陽信には勝手に見せてごめんって謝ろう。こういうので謝るのは大事だ。

はしゃぎながら私のスマホの画面を見るリナさんだけど、そのはしゃいだ声がしぼんでいく。あれ？　どしたんだろ？

彼女はスマホに一緒に写ってる女性を見て……それを指さして呟いた。

「この娘……」

「あ、その人は陽信のバイト先の先輩みたいですけど、お知り合いです？」

「えっと……うん……。えーっと……えー……。知り合いってか、私が一方的にちょっと知ってるだけなんだけど……んー……」

急に歯切れが悪くなり、リナさんの視線が泳ぐ。その姿に、私は首を傾げる。なんだろ？言いにくいことなのかな？

「……あくまで、あくまで噂なんだけどさ……」

歯切れの悪いまま、リナさんは言っていいかどうかを迷いながら……周囲をきょろきょろと見渡しながら慎重に口を開く。

まるで言葉を選んでるような姿に首を傾げながら、私は彼女の言葉を待つ。

そして、聞く。

彼女の言葉は、小さくても妙に響いた……気がした。

「この娘……高校の時に彼女持ちの男子ばかりを狙って……その……ね……取っちゃうってので有名だった娘なのよねぇ……」

あくまで噂だけどね。噂。

そう念押しするリナさんの言葉を、私はろくに理解できないでいた。

◇◇◇◇◇◇◇◇◇

無事に初日のバイトも終わり、私は自室に戻ってきた。

あれから陽信、最後まで私のことを待ってくれていた。先帰っててもいいよって言ったんだけど、音兄が控室で待っててもいいぞって言ってくれたんだよね。

だから帰りは一緒に帰ってきた。音兄の車で送ってもらって。

後部座席でイチャイチャしてていいぞーって言われたんだけど、さすがに音兄の前でイチャイチャしすぎることはできないから抑えめに。

んで、私はノー天気に陽信とお喋りしてたわけだ。

リナさんから聞いたことを聞けぬまま。

そのことは頭の片隅（かたすみ）にはあったんだけど、どうも陽信を前にすると聞きづらい……というか、言葉が出てこなかった。

自分でも不思議だけど、ほんと、うまく聞けなかったんだよね。

「はぁ……」

ため息を一つ吐（つ）く。

私の意気地（いくじ）なしめ。さっきあっさり聞いていたらこんな気持ちにはならなかったろうに。

さっきまで陽信と一緒で楽しかったはずなんだけど……。彼と別れてから私の気持ちは沈（しず）んでしまっていた。沈むって言うか……モヤモヤしていた。

……別れるって言い方も今はちょっとヤダな。いや、普通の表現なんだけど別れるって字面（じづら）だけで嫌になる。あんま使わないでおこ。

リナさんは、私に言った直後にとんでもなく謝ってくれた。そこまでショックを受けるとは思ってなかったって、私のことを抱（だ）きしめながらの謝罪だ。

そんなに私、ショックを受けた顔してたのかな？

抱きしめられたのはなんかすごく柔らかくて良い匂いがして気持ちよかったけど、気持ちはあんまり晴れなかった。私はまた一人ため息を吐く。

「噂……かぁ……」

噂というのは非常に厄介だ。それが真実かどうか、判断する方法がないから。前に陽信が言ってたっけ、火のない所に煙は立たないと逆のことわざも世の中にはあるって。

陽信、妙にことわざには詳しいよね。そういうの好きなんだろうか。

ともあれ、それくらい噂ってのはそのまま信じるのは危険だ。

危険……って、分かってるんだけどなぁ……。

「うー……」

私はスマホの中にいる女性を見る。陽信が送ってくれた、バイト先の皆さんの写真。年上の女性が二人、年上の男性が一人、私の彼氏が一人の、四人の写真。

私もここにいたいなぁとか、自然とそんなことを思っちゃう。バイト、私も紹介してもらえばよかったよー。

指先でスマホの中の陽信をなぞると、横の女性にも指が当たった。

なんかギャルっぽいけど同時にとても大人っぽくも見える。とてもキレイな人だ。そんな人が無邪気に彼と一緒に笑ってる。

ユウ先輩。

陽信はそう呼んでたっけ。最初から陽信が愛称で呼ぶってすごく珍しいな、懐いているんだろうか？　頼りになる先輩とか……。

……まさか、先輩からそう呼べって強要されてるとか？

そんなわけないか。陽信、割と物事はハッキリ言うタイプだと思うし。ノーと言える男子高校生だ。

だからまぁ、彼はその先輩に対して悪感情は無いんだろうな。分かってるけど人の気持ちってのは不思議で……モヤモヤは取れない。

この写真の距離感が妙に近く見えるのもモヤモヤの原因である。いや、近いよねこれ。なんか妙に近すぎない？

噂……やっぱりほんとなのかなぁ……。

しばらく私は思考が堂々巡りをしてしまう。ぐるぐる、頭の中を同じことが巡っていく。思考の迷路とかそんな感じだ。

あー、もうッ！

私はそのまま、頭の中の迷路から脱出するようにお風呂上がりでほとんど裸みたいな姿のままでベッドにダイブする。着けてるのは下着だけ。パジャマは後で着るからいいや。

昼間に似たような格好してたからか、恥ずかしさはあまりない。こうして人は慣れていくのだろうか。いや、一種の自暴自棄かもしれない。

よし、このカッコのまま陽信に電話してやる。

悪戯するときのような気持ちで、私はスマホを操作する。彼に電話をかけて……かけて……あれ？　出ない？

いっつも私が電話したらすぐに出てくれるのに、今日はなんだか出るのが遅い。

もしかしてお風呂とか……もしくはもう寝ちゃったのかな？　初バイトとか疲れちゃうもんね。もしかしたら……。

そう思ってたら、電話が通話状態になり……相手が電話に出られないという機械音が聞こえてきた。やっぱり……寝ちゃったのかな？

彼に電話が通じなかったことなんてないのになぁと思いながら、私はちょっとだけ気落ちしながら電話を切ると……。

すぐに、彼から電話がかかってきた。

こういうのは初めてだったかもしれない。画面に表示される彼を見て、私はそのままスマホを通話状態にする。

「もしもし？　陽信、ごめんね。寝てた？」

「いや、起きてたよ。ごめんね、電話出られなくて……」

「んーん、ダイジョブだよ。バイトも初日だったから疲れてたんでしょ」

「それもあるけど、ちょっとユウ先輩から連絡があってさ……」

ドクンと、心臓が大きく跳ねた気がした。さっきお風呂に入ったばかりだからなのかな、汗が出てきた。パジャマ、着ておけばよかったかな。

電話の向こうでは陽信が喋っている。なんだかその声がとても遠い。耳元で聞こえてるはずなのに、私の中にその言葉が半分も入ってこない。

かろうじて、何を言ってるかは理解できている……と思う。

「……そ、そうなんだ、バイトの……連絡……」

「そうなんだよね、明日はちょっと残業できないかって言われちゃってさ……」

バイトの連絡なら、普通だ。普通のこと。私だって、バイト先から連絡くらいいくるし、急に言われるよりも前もって言ってくれるのはむしろ良心的だ。

あれ？　でも、そういうのって普通は経営者さんとか店長さんから来るものじゃないの？　なんで先輩から……？

いや、そもそも……。

「連絡先……交換してたんだっけ」

「あ、うん。七海に送った写真とかもユウ先輩が撮ってくれたんだよ。それを送ってもらうのにちょっとね、バイトの連絡もあるみたいだし……。あれ？　言ってなかったっけ？」

「いや、聞いてたよ。うん、聞いてた」

そうだ、陽信はわざわざ私に確認してくれたんだ。先輩と連絡先交換してもいいかって。別にそれくらいいいのにって、私も許可したんだ。

自分から許可したのに……私はそれを忘れてた。いや、無意識に忘れたふりをしてたんだと思う。自分でも……嫌になる。

そんな私の沈んだ気持ちが、次の言葉を私に言わせてしまう。

「やだ」

はっきりと、私はそれを口にした。ただそれだけを、彼にぶつけた。

時々だけど、気持ちってのはダムに似ている。普段はせき止めておけるんだけど、一定以上の許容量を超えたら……止まらなくなる。

自分で止めようと思っても、止められなくなる。それが……私に起こった。

「やだ、やだ……いやだよう……陽信、バイト……行っちゃヤダ……やだぁ……」

次に出てきてしまう。


「待って、落ち着いて七海。いったいどうしたの？」

自分でも何を言ってるのか分からない。支離滅裂で、一貫性がない拒否感だけが次から次に出てきてしまう。


「やだぁ……。バイト行かないでよぉ……嫌なのぉ……」

「え、え？　七海、どうしたの？」


私、こんなに精神的に脆かったっけ？

気持ちがぐちゃぐちゃで、口からは次から次に訳の分からない言葉が出てくるんだけど……頭の中で妙に冷静な自分がそれを眺めている感覚もあった。

なんだか、自分以外の誰かが私の口で喋ってるみたいだ。とても、とても……苦しい。

涙が出てしまう。せっかくお風呂入ったのに、また入らないとダメかな。明日、目ぇ真っ赤になってないかな、お化粧で隠さないと。

大きく泣いてるわけじゃない、嗚咽を漏らしてるわけじゃない、でも、涙があふれてしまう。自分の気持ちが分からない。

私をなだめていた陽信は、ずっと私に優しい言葉をかけてくれていた。それがとても申し訳なくて、余計に悲しくて……。


「……ごめんね、ごめん……頭冷やす……またね、陽信」

それだけを言って、まだ言葉を続けていた彼を無視するように私は通話を切った。こんな対応をするのも……初めてだった。

……もういっかいお風呂入って気持ちを切り替えなきゃ。明日は、私もバイトなんだ。バイト、がんばらなきゃ。他の人の迷惑になるし……でも、身体動かないや。

通話が終了したスマホを、私は微動だにせず涙で濡れた目で見ていた。しばらく呆然としていると、スマホにメッセージが来る。

『七海が何を嫌がってるのか、今の僕にはわからないけど……七海を悲しませてまでバイトを続ける気は無いから。でも、僕個人としては続けたいかな』

とても優しいメッセージに、気を使わせちゃったなと自己嫌悪する。私はそれに大丈夫だよ、バイト頑張ってねとだけメッセージを送った。

そうだよ、バイトを急に辞めるとか……ほかの人にも迷惑になるんだから、そこはちゃんとしないと。お仕事なんだし。

パンと自身の両頬を叩いて、私は気持ちを切り替えた。

この時の私は想像もしてなかった。

私が陽信と付き合ってから初めて……彼の声を聞かないで過ごす日々を送るなんて。

後悔先に立たず……というけど、この場合はそれに当てはまるんだろうか？　僕はいったいどうすればよかったんだろうか？

自問自答しても答えは出ない。

七海と連絡が取れなくなって、二日が経過した。正確に言うと通話ができなくなってか。メッセージのやり取りはしてくれている。

だけど、電話は出てくれない。

あの通話以来、もう七海の声を二日も聞いていないのだ。これは人によっては禁断症状が出てしまっているだろう。

『珍しいね、君らが喧嘩なんて』

『喧嘩なんですかね、これ……？』

何の気なしにバロンさんとピーチさんに話してみたら、こんな回答が来た。これは……喧嘩なんだろうか？

僕が一方的に七海を怒らせて、七海が電話に出てくれない……。いや、怒ってはいなそうなんだよね、メッセージは普通に返してくれるし。

なんだったら、毎日写真を送ってくれるし。おかげで僕のスマホには七海のラウンドガール写真がかなり増える結果となった。

衣装は同じだけど、化粧とかタトゥーとかで雰囲気が毎日違っている。そんな写真だ。

「喧嘩って感じはしないいんですよねぇ……」

『まぁ、喧嘩してるときはメッセージの既読無視とかあるからねぇ。それがないってのは怒ってはいない……のかな?』

『私も、お父さんと喧嘩した時はしばらく口きかないですねぇ。メッセージも返さないですけど、後からごめんねって謝ります』

ちょっとピーチさんの私生活が垣間見えちゃったけど、やっぱりそういうものだよね。

七海は反応があるから怒ってはいないと思うんだ。

だけど電話に出てくれない。これはなんなのか……。いや、心当たりはある。ありすぎる。最後に七海と話をした時に彼女は言っていたのだ。

『やだ』

この一言にすべてが集約されている気がする。七海は僕の何かを嫌がって……バイトに行かないでとまで言ってきた。

これがいっそのこと、普通の喧嘩だったらまだマシだったんじゃないだろうか。

……いや、よく考えたら僕ってあんまり……まったく喧嘩したことがないからそれはそれで大変なことになっていたかもしれない。

まさかここで、僕が人間関係を疎かにしていたツケがくるとは思わなかった。

僕は基本的に一人だったし、小学生の時もあんまり人と関わってこなかった……覚えている範囲ではだけど……だったので、喧嘩の仕方ってやつを知らない。

相手を嫌うとか、呆れるとか、そういう感情の部分は分かっても、喧嘩をするほどに仲良くなった人ってのが皆無だったんだ。

喧嘩の仕方を知らないってことはつまり、仲直りの仕方も知らないってことだ。

下手したら父さんや母さんともまともに喧嘩したことないんじゃないだろうか。……いや、あるかもしれないけど友人との喧嘩とはまた違うか。

ましてや……恋人との喧嘩なんて全く分からない。

初めての経験……嬉しくない初めてだ。

前にたくさん喧嘩してたくさん仲直りをしようなんてことを言ったけどさ、まさか……ここまで精神に来るものだとは思ってもいなかった。

仲良く喧嘩しなって言葉もあるけど、そもそも今回のが喧嘩かどうかも分からない……。
それでも、七海とこんな状況はだいぶつらいな。

普通にごめんねって謝って、それで終わり……ならいいんだけど。たぶん、そういうわけにはいかないんだろうな。

「……自分が何が悪かったか分かってない状態で謝るのは……なしだよね」

『確かにそれは……そうですね。逆に怒っちゃいます』

『僕としては、何が悪かったか分からない時は聞いちゃうかなぁ』

そうだよなぁ。それくらいは……さすがに僕でも分かる。

ただただ、とりあえず謝るってのはついついやりたくなるけど、何に対して悪いと思っているのか理解してないと火に油だ。

完全に情報が足りてない。七海が何を嫌がったのか。いや、たぶん……僕のバイトが嫌だったとかそういうのなんだろうけど、バイトの何が嫌だったんだろうか。

……やっぱりユウ先輩絡み？

でもなぁ、先輩はやたら距離は近いけど別にバイト中にそこまで変なことはしてきてないんだよな。彼女と一緒に食べにおいでとか言われまくったけど。

うーん。

『まぁ、腹を割って話すしかないんじゃない？』

「ですねぇ……ちょっと作戦考えます」

バロンさん達に相談して、少し自分の中の情報も整理できた気がする。

まずは七海と話をしよう。腹を割って、何が嫌なのか、何を不安に思ってるのか、その不安に僕はどう向き合えるのか。順番としてはこんなところか。

あまり複雑に考えすぎると失敗しそうだから、シンプルに考えよう。

せっかくの夏休み、七海とぎくしゃくしたままなのは嫌だ。だから僕は七海と一緒にいるための行動をする。

そう、行動あるのみだ。机上の空論だけでは何もできない、かといって闇雲に動くだけでも何もできない。だから考えて、考えて、それを行動に移す。

「それじゃ、やりますか……」

僕はとある人から来ていたメッセージを見て、それに対して肯定の返事をする。割と遅い時間だったけど、すぐに返事はきた。

それから七海にも連絡して……。うん、七海の方も問題はなさそうだ。よかったと一安心しつつ……僕はいつかの時のような緊張感が自身の胸に去来することを自覚した。

仲直りするって、こんなに緊張するものなんだろうか。

うん、大丈夫……大丈夫。きっと大丈夫だ。頑張れ、僕。

一人静かに決意する僕は、何もない宙を見ながら手を伸ばしグッと力を込めて握り拳を作る。まるで何かを決意するように。


僕は七海と……お泊まりをする。

少しだけ気怠い体に、寝起き特有の眠気が回ってくる。思わずあくびが出てしまいそうだけどそれをこらえてたら、隣から可愛らしいあくびの音が聞こえてきた。

僕はそれを見ようとして、ちらりと視線だけを動かす。

「ふやあぁ～……ねみゅぃ……」

普段はあまり聞くことのできない、七海の舌ったらずな言葉が僕の耳に届く。思わず僕は唇の端を上げてしまった。笑ったのを知ったら、ちょっと怒りそうだなとか思いながら。

七海が僕の隣にいる。それだけで安心感が違う。

彼女は目を軽くこすりながら、こっくりこっくりと舟を漕いでいた。涙目になりながら眠気に耐えているけど、気を抜くと今にも寝てしまいそうな雰囲気がある。

僕もそのあくびにつられてあくびする。

七海と同じように涙目になって、その目を軽くこする。ふと視線を感じたので隣に顔を向けると、七海があくびする僕を見て微笑んでいる。

だけど、僕と視線が合うと彼女は顔を背けてしまった。なんか、野生動物にでも遭遇した時みたいな気分だ。

それにしても……眠い。まぁ、眠いのも当然だ。

現在時刻は朝五時だから。

今、僕等は車の中にいた。かなり広めの車……ファミリーカーって奴だろうか、それに乗っている。広い車内の隣に、七海が居てお互いに眠気と戦っていた。

まさか、こんなに朝早く出かけるとは思ってもいなかったよ……。

「そんな無理せんでも、ナナ達は後から合流でもよかったんだぞー」

「……やだ、私も一緒に……行くんだもん」

「僕も、せっかくなら朝から参加したかったですから」

運転席から聞こえてきた声に僕と七海が答えると、その声の主……総一郎さんは嬉しそうにそうかぁとだけ呟いた。

僕としてはまるで駄々をこねる子供みたいな七海に、いつも通りだなとまたちょっとだけ安心する。「もん」って可愛い言い方するなぁ。

「ふわぁ……」

七海はまたあくびをしている。僕もまたつられそうだ。

眠気を吹き飛ばすように窓から外を見ると、空は徐々に白んできていて、早朝だからか周囲には一切の車がない。こういう道なら走ってて楽しそうだ。

いつか早朝ドライブとかしてみたいかも。我ながら単純だけど。

外を見て気分転換できた僕は、七海に話しかける。

その時に僕がどれだけ勇気を振り絞ったのかは、きっと誰も分からないだろう。普段なら何の気なしにできていることに、こんなに勇気がいるなんて。

ドキドキしながら、言葉を口にした。

「七海、眠いならひと眠りしたら？　起こしてあげるし……。あ、膝枕とかする？」

「う……うぅん、だいじょぶ、起きてる……」

これが僕と七海の久しぶりの……約三日ぶり？　いや、二日ぶりか？　とにかく、久しぶりの会話だ。

ちゃんとした会話に、ひそかに胸を撫でおろす。

まるで一ヶ月以上会えていなかったようにも錯覚する。本当によかった、一緒の車に乗ってくれて。そして、隣に座ってくれて。

そこまではホッと一息……ってなったんだけど、ふと気が付いた。

七海が、僕にくっついてこない。

いつも通りだったら、こんな近くにいたら七海は僕にくっついてきていた。でも今は微妙に一歩……二歩分ほど離れていて、それ以上は僕に接近してこようとはしなかった。

それに考えてみたら、さっき僕は膝枕を提案したのにやんわりと断られてしまった。いつもなら膝枕をしようかなんていったら、即座にダイブする勢いで来るってのに……。

これはホッと一息ついている場合ではないのではないだろうか？　七海とこんなに距離が開いているのなんて初めてのことでは……。

……いや待て、僕。

そもそも、それを普通だと思うのはどうなんだ？　セルフツッコミっぽくなったけど、よくよく考えたら僕が今日の状況を異常と感じるのもおかしいのではないだろうか。

もしかして世のカップルの距離感って、実はこっちが普通なのではないだろうか。

こうなって実感したけど、今までの僕にとっての普通ってやつがだいぶ崩れてきている気がする。普通、車の中で膝枕はしないだろうし。

もしもそれが普通なら……ちょっと寂(さび)しい。

いやぁ、毒されてるなぁ。もしかして僕ってメンヘラというか、そういう気質も持っていたんだろうか。七海ともっと触(ふ)れ合いたいって思うし。

人間、一度贅沢(ぜいたく)を覚えるとそれを取り上げられるのにものすごい抵抗(ていこう)感を覚えるって聞いたことあるけど……もしかして、これがそうなのかもしれない。

僕は今まで、七海と贅沢な日々を過ごしていた。

実感していたつもりだけど、実感しきれていなかった。当たり前だと思っていたものが実は当たり前じゃなかった。

これは割と大事な気付きかもしれない。

そこまで葛藤(かっとう)して横目で七海を見ると、七海もおんなじなのか流し目みたいな形で僕に視線を送ってきていた。

目が合って、ちょっとドキリとして、ごまかすように笑ってしまう。

七海も今度は目を逸(そ)らさないで笑ってくれる。だけど、ちょっとだけ笑顔(えがお)はぎこちない感じがした。

よくよく考えたら、僕から七海にくっつくってのもあんまりやってこなかったよな。いつも七海からのお誘(さそ)いだった気がする。

僕から行ったこともあるかもしれないけど、そこまで強く覚えてない。

男からやったらセクハラっぽいってのもあるかもしれないけどね。そもそもセクハラって言葉が学生同士のイチャイチャで適用するのが正しいかは分からないけど。

決めた。これが解決したら……僕から七海にくっついていこう。

そんなどこか不純ともとれる決意を、僕は七海の隣でする。

さて、改めて状況を説明すると……僕等は今、総一郎さんの車に乗っている。僕と七海は後部座席に、音更（おとふけ）さん達は前の席にだ。今の車内には僕の知ってる人しかいない。

みんな、僕と七海をチラチラと気にはしているけど積極的に話しかけてはこない。まるで僕等を二人きりにしてくれているような気づかいを感じる。

このお礼は、絶対にします。

今日の僕等が何をするかというと……結論から言うとキャンプだ。

キャンプ……大自然の中でテントを立てて肉を焼いたり大人は酒を飲んだり外で楽しむという陽キャイベント。だいたいテントで泊まる。

そんな陽のイベントに、僕は参戦する。

実は二日くらい前、七海のバイト初日に総一郎さんから打ち上げを兼（か）ねたキャンプに行くから僕と七海も一緒に行かないかと誘われていた。

全員が行くわけじゃなくて、総一郎さんの友人とか、ラウンドガールの人たちとか、行ける人だけで行くらしい。

それでもかなりの大人数なんで、僕はどうしようか悩(なや)んでいた。少なくとも、僕が遠出する人数としては過去最大級だ。

知らない人がいっぱい……尻込(しりご)みする理由は十分である。

七海にも声をかけたら、僕が行くなら……という感じで、珍しく歯切れが悪かったとも言っていた。そんなところでも影響(えいきょう)が出ていたのかと、その時に初めて知ったけど。

返事は前日でもいいし、当日でも迎(むか)えに行くからと言われていたので……僕は昨日、七海に参加しようと誘って行くことにした。

あまりにも急だったから迷惑かなと思ってたけど、総一郎さんはもう僕と七海が行く前提で準備をしていたのだとか。気が早すぎる。

断ってたらどうしたんだろうか……とは考えないでおこう。

どうも総一郎さん、七海と一緒にキャンプをしてみたかったみたい。なんでも七海はキャンプだけはいつも不参加だったらしい。

確かに、キャンプとかだと男子いっぱいのイメージがあるし、七海は参加を躊躇(ためら)うかもなぁ……。僕もキャンプって言えば陽の男子の行事ってイメージだし。

最近はいろんなものの影響で女子も気軽にしてるみたいだけど……それでも固定観念というか、イメージはあまりぬぐえてないや。

実は僕もキャンプはしたことがない。少なくとも、覚えている範囲ではない。いや、だってほら……わざわざ外でご飯を食べなくてもと……。

旅行とかなら良いんだけど、普段便利に過ごしているのにわざわざ不便なことをするのは何の意味があるんだろうと、そんなことを考えてしまって。

あと単純にめんどくさい。そう思っていた。

そもそもキャンプは意味を考えるんじゃなくて、楽しむものなんだろうけどさ。たぶん、同じこと考えてる人いるよね？

そんなことを考えている僕がなぜキャンプに参加すると言い出したのか、それはもちろん、キャンプ自体が目的じゃない。

七海との現状を打破するためだ。

当たり前だけどこの状態が続くのは良くない、非常に良くないと感じている。だけど僕にはどうすればいいのか、何をすればいいのか……皆目見当もつかない。

だから、第三者の力を借りることにした。

ちょっと、情けないけどね。独力で何とかできたらきっとすごくかっこいいんだと思う。

だけど僕はかっこ悪くても解決することを優先した。

現状打破をするには普段しない行動をするのが良いってのをどこかで見た覚えもあるので、絶対に普段なら僕がしないことをさせてもらった。

「七海は……キャンプってしたことあるの？」

「あ、うん……。たぶん、小学校の時にお父さんと。よく覚えてないけど」

「じゃあ、二人とも初心者みたいなものかぁ。僕は完全にしたことないけど」

「……楽しもうねぇ」

ぎこちないけど一歩前進……といったところかな。

当然だけど、僕も七海もこの二日間で何も会話をしなかったことには触れていない。少なくとも僕は今それをやったら色々と壊してしまいそうで怖い。

そもそも、車の中でする話でもないか。

途切れ途切れな会話をしながらも、僕と七海の距離は縮まらない。

それが少しだけ、もどかしい。

ちなみに総一郎さんにもこの件は伝えてて、音更さん達もこのことを知っている。

バイト中はそんなそぶりが全くないって、驚いてたっけ。そっか、バイト中は普通だったのかとほんの少しだけ安心した。

もしもバイトとか生活に影響が出てたらと思うと……心配になる。

ともあれ、そのためのキャンプだ。もちろん、すべてが解決した後でこのことも全部七海には話すけど……このことも、後から笑い話にできればいいな。

そんな希望をもって、僕はこのキャンプに臨(のぞ)んでいた。

不安材料は、知らない人がいっぱいいるところに飛びこむという点くらいか。割と人見知りする質なので本当に不安だったりする。

でも、七海と前みたいになるためなら、知らない人が大勢いる場所でも頑張る。人見知りなんてしてる場合じゃないんだ。

……ふと思ったんだけど、これ捉(とら)え方(かた)によっては「また七海とイチャつくために頑張る」ってひどく不純な人間にならないだろうか？

いや、イチャつくのは健全だよね。一線越えなければ大丈夫だよね？

そもそも、僕のこの行動が正しいものなのかどうかも分からない。答えが分からないからこそ足掻(あが)いているというのもあるけど、常に不安は付き纏(まと)っている。

もどかしくも、この不安な感じは……ちょっと覚えがあるかもしれない。どこで味わったんだろうか？

僕の人生経験は少ないし、そんなに昔のことじゃない気がする。少しだけ考えて……そしてすぐに何に似ているのかを思い出す。

これ、七海と罰ゲームの交際をしていたあの時の感じと似てるんだ。

やってることが手探りで、正解がなくて、本当にこれでいいのかって不安に思いながらも頑張ってたあの時に似ている。

違うのは、今は僕と七海がちゃんと恋人同士ってことと……お互いに好きだということを確信している点くらいか。

こんな状況だけど……僕は七海のことが好きで、七海が僕のことを好きだと思ってくれてるってのは疑ってない。

だからまだ、僕は頑張れる。

この状態が長く続いちゃうとそこに疑いが入りそうだから、早く解決しないとって考えてほんの少しだけ焦ってたりはするんだけどね。

長い溜めはいらない。早期発見早期治療だ。それが最も被害が少ない。

「陽信……」

「ん？」

今日初めて、七海から声をかけてくれた。そのことに気付きながら、僕は努めて冷静に七海に顔を向ける。

　それから七海は、少しだけ言葉に詰まるように無言になっていた。僕は彼女からの言葉を待ちつつ、今日の七海の服装を視界に収める。

　今日はキャンプだからか、少し大人しめの服装だ。露出が多くないのは日焼け対策とかそういうのかな？

　涼しげな色合いの半袖のトップスに、ロングスカート姿だ。黒い縁のオシャレな眼鏡もかけている。髪は特に結っていなくて、それが逆に新鮮だった。

　……編み込み、今日はしてないようだ。それが、ちょっとだけ寂しい。……朝早すぎて時間がなかっただけかも。

　彼女はお腹の前で両手を合わせると、少しだけ力を込めて握り拳を作る。

　当たり前だけど、七海はシートベルトをしている。胸のあたりにシートベルトが食い込んで凄いことになって……。

　いかんいかん、変なことを考えるな。真面目なところだ。

「今日、楽しもうね」

　僕の好きないつもの笑顔、それを見せてくれた。だけど、その笑顔にもほんの少しの違和感を覚えてしまうのは気のせいじゃないだろう。

　それでも……。

「うん、楽しもう」

それでも笑顔を向けてくれる。今はこれで十分だ。

「いや、だいぶイチャついてたぞ。どこが変なんだ……？」

テントの中での開口一番。総一郎さんに僕はツッコまれてしまった。僕の中ではいつも通りではなかったんだけど、どうやら総一郎さんからはだいぶイチャついて見えたらしい。

キャンプ場に到着し、テント設営や準備を終え、僕等は二人でテントの中にいた。そんなタイミングでの開口一番だった。

僕も総一郎さんも、上半身裸で顔を突き合わせている。いや、だいぶ暑いねテントの中って。汗がじんわりと出てくる。

裸なのはそれだけが理由じゃないけど。

「いやぁ、いつもならもっとこう……色々してたんで……」

「あれの上があるのかよ……。ヨウもナナも、普段どんなイチャつき方してんだよ……」

「えっと、もっとくっついてきたりとか……」

「いや、聞いといてなんだけど詳細は説明しなくてもいい。そういうのは二人だけのこととしてしまっておいてくれ」

最後に「ハツが同じことしたいと言ってきたら俺にはきつい」とか言ってたので、おそらくそっちが本音なんだろう。

個人的には、それについては手遅れな気もする。

今、七海たち女性陣は別のテントで色々な準備をしている。色々なだ。

「つーか、ろくに会話してないって聞いて焦ったけど、割とそんなことなくて安心したぞ。どんだけ会話してないんだっけ？」

「二日くらいです」

「みじけーよ!! 俺なんてハツと喧嘩して一ヶ月会話しないこととかあったぞ！」

「一ヶ月!? 長すぎませんか?!」

七海と一ヶ月も会話しないとか、絶対に僕は無理なんだけど。というか、なにしたらそんな一ヶ月も会話しないとか発生するんですか。

試しに、僕が七海と一ヶ月会話しないことを想像してみる……。

ダメだ、想像だけで泣きそう。

え、怖い怖い。なにしたら一ヶ月会話しないくらい七海を怒らせるんだろう？ 絶対それ、僕が悪いパターンだよ。絶対。

「シュウだってアユと喧嘩したら数週間喋らないとかあったって聞いてるぞ」

「そんな、いったいどんな悪いことを総一郎さん達はしちゃったんですか？」

「え？　俺ら悪い前提？」

「なんかそんな気がしました。参考までにお聞きしたいです」

総一郎さんはバツが悪そうに、それはまた今度なと言って話を打ち切る。この反応でたぶん自分たちが悪いってのは自覚してるんだろうなと理解した。

いや、他人事とは考えないで僕も気を付けよう。

「とにかく、お前ら二人だ。今日はお前ら二人を……とにかく二人きりにする。つーかこれって付き合う前のやつらにすることなんだけどな……」

「お願いします」

「まぁ、酒でも飲んで腹割って話せば解決するだろ」

「僕ら未成年だから飲めないです」

そうだったと総一郎さんはとぼけたように肩を竦める。というか、七海に酒はやばい。過去にウィスキーボンボンを食べただけであぁなったんだから……。七海がガチでお酒飲んだら、いったいどうなるんだろうか？

「着替え終わったし、そろそろ出るか」

話をしながら僕等も準備を終えてテントから出ようとする。そのタイミングで、総一郎さんは最後の爆弾を落としていった。

「そうだ、夜は二人でこのテントで寝ろよ。周囲の迷惑になるからエッチはするなよ」

「あ、はい分かりました」

……。

……あれ？

待って、総一郎さん今なんて言った？

「総一郎さん、今なんて？」

「ん？　テントの割り振りでお前ら二人一緒にしといたから、そこでもゆっくり話せよって。あ、キャンプではエッチはするなよ、マナーは守らないと周囲の迷惑に……」

「聞きたいのはそこじゃないですよ?!」

いや、僕と七海が同じテントで寝るってのはまずいんじゃないですか。その注意ってのも意味あるんですか？

困惑する僕が不可解であるかのように、総一郎さんは眉をひそめている。その表情はどちらかというと僕がしたいくらいだ。

「夜のテントに？　僕と七海が二人で……？」

「いいか、夜のテントって割と話が弾むんだよ。外だから解放感あるのに、仕切られてるからプライバシーがある程度確保されてて」

「そ、そうなんですか？」

「そうだ。だから酒飲まないならせめて、解放感のあるところでしたほうがいい。周囲に人もいるから、冷静に会話できるんだよ」

そんなものなんだろうか？　確かにその言葉には謎の説得力がある気がするけど……同時に丸め込まれているような気分にもなる。

でもそうか、テントで七海と二人きりか……。

「がんばります」

「おう、がんばれ」

エッチなことを期待してるわけではないけど、僕は七海とテントで二人きりになる決意をする。総一郎さんも、そんな僕を応援してくれていた。

「あ、アドバイスしとくと、一つの寝袋で二人は寝るの無理だからな」

「試したことあるんですか……？」

僕の疑問に対する答えは、返ってこなかった。

そして、僕等はテントから外に出る。周囲は明るいけどテントの中はどこか薄暗いので、まるで洞窟か何かから外に出たような気持ちになる。

雲一つない晴天。日差しが強くて、僕は眩しさに思わず手で影を作り目を細めた。

暑いけど、気持ちのいい風が吹いていていてとても爽やかだ。

目の前には、波の穏やかな海が広がっている。

そう、今日のキャンプは海だった。

これも衝撃だったっけ。僕の中ではキャンプって言えば山とかそういうのをイメージしてたんだけど、まさか海とは思わなかった。

テントの中にいたのは、水着に着替えていたからだ。

それは当然、女子達もで……。

「お待たせー。水着の美女達のごとーじょーでーす」

その一言が僕の耳に届いた瞬間、男性陣がざわついたのが分かった。なんだか周囲の人達もざわついているのは気のせいだろうか。

そして、女子の一団が僕等の目の前にやってくる。

「わぁ……」

その華やかな一団に、思わず僕は感嘆の声を漏らす。七海のバイト先にお邪魔した時に見かけたラウンドガールさん達と、七海達がそろって現れる。

七海は、前にプールに行った時とは違う水着を着ていた。違う水着……というか、下部分のデザインが似ていて、上半身が明らかに違うものを身に着けていた。

ぴったりとした白いボディスーツみたいな上着で、前に青色のファスナーが付いている。露出を隠すために着ているんだろうけど……。

身体にピッタリと張り付いているからか、下手したら普通に水着を着ているよりもめちゃくちゃセクシーに見える。

上着は身体にピッタリとついてるから、七海の大きな胸とかがハッキリ分かる。チラッとだけど谷間とか見えちゃってるし。

身体のラインが出てて、そのうえで少しだけ露出してるとか最強すぎないだろうか。すくなくとも、僕はこの状態の七海を否定できない。男の悲しき性である。

かなりセクシーな集団だけど、以前と違ってナンパされる心配はなさそうだなと思えるのはその周囲にいる男性陣が筋肉ムキムキの格闘家だからだろう。

みんな、思い思いの女性陣にアプローチをかけているようだ。この光景を見ていれば万が一にもナンパは来ないだろう……。

おっと、僕も七海のところに行かないと。

そろそろと、僕は彼女に近づいていく。前に七海の水着を見たのはナイトプールでだった。照明はあったけど薄暗くて、どこか幻想的（げんそうてき）だったけど……はっきりとは七海の水着姿は見れていなかった気がする。

いや、見てはいたんだけど暗い分だけ視覚情報が制限されていたというか……。

とにかく、あの時はちゃんと七海を見れていた。

だけど今は、僕は七海に一歩近づくたびに緊張しているのが分かる。砂浜（すなはま）だから足音がしないけど、足が前に出るたびに心臓が跳（は）ねてる気がする。

考えながら歩いていたら……七海のところまでたどり着くのはあっという間だった。目の前には、日の光を浴びた七海がいた。

まるで、七海が輝（かがや）いているように見える……。いや、これ実際に輝いてないか？　あれ？　マジで輝いてるぞ？

後光が射（さ）すじゃなくて、ほんとに七海の身体が輝いている。

これってもしかして、日の光が七海の肌に反射したり、暑いから少し出た汗（あせ）が反射したりして輝いて見えるんだろうか。

すごく……キレイだ。

そう思ってたら、七海がまるで身体を隠すようによじってしまう。そのまま僕から顔を背けた状態で、照れくさそうにつぶやいた。

「あの……陽信……そんなジッと見られると照れる……せめてなんか言って」

「あっ……」

しまった、あまりにも衝撃的な光景に目を奪われて言葉を出すのを忘れてしまっていた。黙ったまま凝視するとかちょっと変態チックだったか。

でも、なんて言葉をかければいいのか……。いや、ここは素直に褒めよう。こういう時こそ普段よりも褒めるのがきっと大事だ。

「ごめん、素敵すぎて見惚れてた。月並みな言い方しかできないけど……似合ってる」

その言葉を受けて、七海はゆっくりと僕の方を振り向いた。頬が赤いのはきっと日の光のせいだけじゃないだろう。

照れ隠しのように、七海は軽く握った拳を僕の胸あたりに当ててくる。

肌と肌がぶつかるぺちりという音が響いたんだけど、七海はそこで拳を僕の胸に当てたまま止める。そして、その視線を自分の拳へと向けた。

そのままゆっくりと七海は視線を下げて、そしてその視線を下から上へと移動させた。僕と視線が交わると、七海は一度大きく目を見開いた。

「陽信……は、はだ……はだ……?!」

「あ、うん。ほら、海だし、水着だしね……」

ゆっくりと七海は拳を開くと、そのまま掌を僕の胸あたりにぺたりと置く。思わず、僕は身体を震わせてしまう。てっきり、手を離すと思ってたからこれは予想外。

そのまま七海は、ペタペタと僕の身体をその掌で撫でるように触る。

「さ、触っちゃった……」

「そ、そうだね……」

これはどういう反応なのか、僕はちょっとだけ戸惑ってしまう。七海は僕から手を離さないで、何かを誤魔化すように眉を下げながら笑みを浮かべる。

じゃあ僕も……と触れないのが悲しいところ……。それが普通だけど。

「なんかエッチなことしてる……?」

周囲からそんな声が聞こえたタイミングで、僕等は我に返った。僕等というか、七海だ。七海はその声が聞こえてきた瞬間に慌てて僕からパッと手を離した。

さっきまで七海の手が触れていた部分に、妙な喪失感を覚える。その場所を自分の手で触れるけど、その喪失感はしばらく埋まらなかった。

「し、してないです!!」

手を離した七海が弁明するように叫ぶ。周囲はそんな七海にどこか温かい視線を向けていた。僕も思わずそんな七海を見てほっこりとする。

「お前ら……早速アクセル全開かよ……」

「まぁ、海で見る七海はいつもの何割か増しで……」

呆れたような音更さんと神恵内さんが僕等のもとに来る。神恵内さんは言葉をいったん途切れさせて、何かを考え込むように人差し指を口元に置く。

そのまま「ん～」って考え込んでから、人差し指を七海に向けた。

「エロいよね」

「歩ッ!?」

なんかどっかで聞いた、言葉を選んでそれって発言だ。うん、エロいって言葉は誉め言葉になるんだろうか。七海は抗議するように神恵内さんに声を荒らげた。

ケラケラと笑うけど……ごめん、七海。ちょっとそれには同意しちゃうよ僕。

露出度もそうだし、明るいところで見る水着姿の七海って魅力がすごい。上着から覗く胸元とか、レイヤードビキニの下とか、少し汗ばんだスラッとした足とか。

夏……って感じだ。

「それ言ったら、初美だって歩だってエッチじゃない。なにその新しい水着」

「え？　こっちまで飛び火すんのそれ」

「え～？　七海には負けるよー」

七海に指摘されたた神恵内さんは、なぜかポーズを作る。音更さんの方は恥ずかしがるように総一郎さんの陰にちょっとだけ隠れた。

音更さんの方は赤に近いオレンジ色のビキニで、下に短いパレオを巻き付けている。パレオは短すぎて特に下が隠れるほどの面積がなくて、ほぼ足は丸出し状態だ。

神恵内さんの方は一見するとワンピースっぽい水着なんだけど、腰とか色んなところの露出がすごい。どういう水着なんだこれ？　これもしかしてだけど、後ろから見たら背中とか丸見えで誤解与えるんじゃ……？

二人とも、彼氏と海だからかすごくセクシーにキメている。

たぶんこれ、ナイトプールの時とは違う水着だよな。違う……よね？　あれ？

七海のは明確に違うって覚えてるんだけど、二人の水着はどうだったたっけっていまいち覚えていない自分に気が付いた。

……まぁ、いいか。

もしかしたらもっと七海以外に興味を持てとか言われるかもしれないけど、彼女以外の水着姿を覚えてるのもダメだろうからこれで正解ということで。

こうして見ると、七海は比較的おとなしい水着を着てくれたのかと僕は一人でホッとす

る。下はレイヤードでセクシーだけど上は上着を羽織ってるし。

そこでふと僕は神恵内さんの言葉を思い出した。

『七海には負ける』

どうしてそんな言葉が出てきたんだろうか？

今の七海はどう見ても二人よりも大人しめの水着姿だ。上着も着ていて、露出度はかなり低く……。

……上着？

僕がそれに気が付いたタイミングで、神恵内さんがニヤリと笑いながら僕の近くに移動する。そばに来た彼女は、まるで悪魔のように僕を誘惑する言葉を発していた。

「そう、七海は上着を着てるの……。その下……気にならない……？」

「し……した？」

当たり前のことだけど、上着を着ているってことはその下に水着を着ているわけで、僕はそれについて全く考えていなかった。

つまり、つまりだ。あの下にある七海の水着は二人よりもすごいものってことに……？

僕が固まっていると、今度は神恵内さんが七海に近づいて何かを囁く。視線だけで音更さんの方を見ると、彼女は腰に片手を当てて頭をもう一方の手で覆っていた。

でも、止める気は無さそう。

そして何かを囁いたかと思うと、七海の背中を軽く押す。それによって、七海は数歩前に出てほとんど僕の目の前にくる形となった。

さっきまでもドキドキはしてたんだけど、今は……さっきよりもドキドキしている。胸元が露出しているから、そこから七海の肌が見えているんだ。

だから僕は、彼女が今その上着の下にどんな水着を着ているのか……そんなことを妄想してしまっている。

お互いに目の前にいる状態で……僕も七海も、言葉を詰まらせる。

先にその沈黙を破ったのは、七海だった。

「あ、あのさ……えっと……」

僕は彼女の言葉を遮ることなく、黙って聞いていた。七海の次の言葉が出るまでとんでもなく長く感じる。固唾をのんで見守るとはこういうことだろうか。

周囲の人たちも僕等を見守っているような気さえしてる。

……なんか静かだから、気のせいじゃないかも。

「あの、えっと。やっぱり日焼けって……お肌によくないのね」

「う、うん。そうらしいね」

「だから、肌が焼けないようにするのに……日焼け止めって必須なの……」

「うん……。うん？」

いや、このうんは惚けているわけじゃなく……まさかという意味のうんだ。うん。漫画とかでよくあるシチュエーションが、僕に来るということだろうか。

でもここで、七海の発言に先立ってオイル塗ってあげるよは非常に、非常に難易度が高い。というか普通に考えて男子から女子に日焼け止め塗ってあげるよはダメだろ。

あくまでも、塗ってあげるのはお願いされてからだ。

お願いされたことで、僕は彼女の肌に触れる許可が出たことになる。だから、僕から言い出すのはダメだ。待つんだ、言葉を。

これで全然違うことだったら僕はただの恥ずかしい奴になるけど。口にしてないからまだセーフだ。

そして七海が、いつの間にか持っていたプラスチック製のボトルを僕の前に差し出す。

もしかしたら、さっき神恵内さんが渡していたのかもしれないそれは……僕には見慣れないボトルだった。強いて言えば、シャンプーとかのに近いボトルだ。

そのまま七海は、ちょっとだけ頬を染めながら俯いて言葉を続ける。

「……日焼け止め、塗ってくれない？」

僕は頭の中で今の七海の言葉を繰り返す。日焼け止め、塗ってくれない。まさか本当にこのシチュエーションが僕のところにくるとは……。

このお願いを断れる人間は果たしてどれだけいるんだろうか？

彼女の肌を守るという行為が、彼女の肌に触れるということに直結するこの行為。少なくとも僕に断るという選択肢は皆無だ。

「よ、よろこんで……」

この時の僕は、あくまで冷静に、紳士的に、スマートに日焼け止めを塗ることを了承したつもりだったんだけど……。

この返答はかなり酷いものだったんじゃないかと……後になって思うのだった。

◇◇◇◇◇◇◇◇◇◇

彼女の身体に日焼け止めを塗る。

漫画とかでは非常に定番のシチュエーションだ。文字通り、彼女の背中に彼氏が日焼け止めを塗ってあげるというシチュエーションなんだけど……。

これって、現実にもあるんだね。ビックリしてます。

「そ、それじゃあ……よろしくお願いします」

「こ、こちらこそ」

テントから少し離れた砂浜にビニールシートを敷いて、その上で僕等は正座していた。なぜ正座？　と思うかもしれない。僕もそう思う。

身体が自然と、正座の姿勢を取っていたとしか言いようがない。七海もそうだ。

正座したままペコリと僕に頭を下げた。

今、このビニールシートの上には僕と七海しかいない。周辺に他の人たちもいない。僕と七海の二人っきりだ。早朝から来たおかげで人も少なく、まるで貸切のビーチに来たみたいだ。

他の人たちは海の方に遊びに行っているグループ、バーベキューの準備をしているグループに分かれている。

僕も準備を手伝おうかとも思ったんだけど……炭熾こしガチ勢と呼ばれる人がいるから学生は遊んで来いと断られた。

これってたぶん、僕と七海を二人きりにしてくれる作戦なんだろうけど……まさか日焼け止めを塗るというので対応されるとは思ってなかったよ。

まさか屋外で、こんなに緊張することになるとは。

「それじゃ、よろしく……」

「あ、はい」

七海から日焼け止めを受け取った僕は、その容器をマジマジと眺める。昨日まで気まずかったのとは、別な意味で今気まずい。

今から……僕がこれを塗るのか……。

七海は今、上着を着た状態になっている。当然、日焼け止めを塗るにはこれを脱ぐんだろうけど……そんなにすごい水着で脱げるんだろうか……？

「七海、その上着って……上着？　でいいの？」

「あ、これ？　これ、ラッシュガードって言うんだよ。水着の上に着て、このまま海に入れるんだよ。水の中でもあったかくていいんだ」

ラッシュガード。知らなかったな、そんなものあるなんて。七海はファスナーをほんの少しだけ下ろしてラッシュガードの端を摘まむ。

そのまま海に入れるってことは水着と同じ素材とかなんだろうか、だから肌にピッタリと張り付いて身体のラインが見えてるのか……。

水着と同じ……。

まさかだけど、その下に何も着てないとかじゃないよね？

実は水着と同じだから上は何も着てなくて、それだけとか。それだったら神恵内さんの言葉もそのままの意味で受け取れてしまう。

でも、それなら僕としては今すぐに普通の水着を着用することをお勧めしたい。

「そんなわけないでしょ!!」

「えッ⁈ 僕声に出てた⁉」

「途中から呟いちゃってたよ……もう。この下、ちゃんと着てるから……」

これまた古典的というか、ベタベタなことをしてしまった気がする。いやでも、安心したよ。ちゃんと下に着てるなら安心……。

七海は、ラッシュガードを着たままビニールシートにうつぶせで寝っ転がった。てっきり、脱いでから寝っ転がるのかと思ってたんだけど着たままだ。

まさか日焼け止めも着たまま濡れる……？　とか、そんなわけないよねと思いながら僕は七海の行動を見守る。

うつぶせになった七海は、そのまま上半身を若干持ち上げる。すぐに彼女の方からファスナーが下ろされていく音が聞こえてきた。

ジー……ッという金属音が聞こえて、それが止まったと思ったらラッシュガードの前が開いて布が広がる形となる。

七海は器用に背中を向けたままラッシュガードを脱いでいく。ぴったりとした素材だからか、手を片方ずつゆっくりと、引き抜(ぬ)いていった。

最後に胸元のあたりをごそごそといじって、背中に載ったただけの状態となったラッシュガードをばさりと翻(ひるがえ)した。

脱いだラッシュガードを丸めて枕代(まくらが)わりなのか自身の顔のあたりに置くと、七海の背中が露(あらわ)になる。

キレイな……シミ一つない眩しい背中が露になる。思わず拝んでしまいそうだ。

僕はマジマジと七海の背中に視線を送り……ふと思った。

……いや、紐(ひも)ほっそいな⁉

え、待って……こんな細くて大丈夫(だいじょうぶ)なのってくらい細いんだけど。これが普通なの？

なんかすごいんだけど……。

あと、今の七海は両手を枕(まくら)にするように顔の下に置いていた。つまり、手を肩より上にした状態でうつぶせになっているわけだ。

見えてるわけだ……脇(わき)とかその……押しつぶされた胸とかが……。

これ、いいのか？　見ていいのか？

塗る前だってのに、非常に落ち着かない。誰(だれ)かに見られないように僕の身体で隠しておかないと……いや、反対側から見られるとダメか。

真正面から水着が見えてるわけじゃないのに、色々なところが色々とけしからんことになってしまっているぞ。

「それじゃあ、背中に塗ってもらえるかな」

「は、はい……!!」

早くしないとこのキレイな背中が日に焼けてしまう。いや、日に焼けた七海もそれはそれで素敵だと思うけど、それはそれこれはこれだ。

まずは背中に……どうやって塗れば……？

そういえば、遊びに行く前の音更さん達がアドバイスしてくれたっけ、確かこうやって……背中に直接……。

日焼け止めから出た白いクリームが、七海の背中に落ちていく。確かこうして直接かけてから……塗るんだっけ。

塗るぞ……塗る……。うん、ちゃんと塗るぞ。

ゆっくりと、ゆっくりと七海の背中に僕は手を伸ばす。パッといければいいんだろうけど、そんな度胸は今の僕にはない。

スローモーションで、七海の背中に……僕は自分の掌を乗せた。

「んっ……♡」

乗せた瞬間に、七海の声が漏れる。声を殺していたのに思わず漏れ出てしまったような、そんなどこか艶のある呻き声。

小さくて、僕の耳にしか届いていないような声だけど……気のせいじゃないことだけは確信できた。

そのまま僕は、彼女の背中に自身の掌を這うように動かしていく。そのたびに、七海の口元から声が漏れ出ていく。

上から下に、下から上に……時には丸く円を描くように動かす。まるで七海の背中がキャンバスで、僕がそこに何かを描いているように動かしていく。

これで僕が七海の肌に触れたのは……おなかに、背中に……。胸もちょっとだけ触ったっけ……？　なんていうか、背中ってのはまた違う感触なんだなぁ。

冷静に見えるかもしれないけど、内心ではもっとワーワーいっている。七海の背中、柔らかいし、すべすべだし……触っててとても気持ちがいい。

そのすべすべな背中が……言い方があれだけど……日焼け止めのクリームで少しヌルヌルしているというか……さらに滑らかだ。

「陽信……指も使っていいよ」

指を……使う?!

どういうことだろうと思ったんだけど、僕は掌だけを使って七海の背中を塗っていたんだけど……もしかして指も使って、手全体で塗るってことなんだろうか?

その言葉に従って、僕は指の先までを意識して七海の背中に触れる。さっきまで掌にしかなかった背中の感触が、指先まで伝達されていく。

とりあえず背中にまんべんなく塗って……塗って……塗って……。

これはあくまで日焼け止めを塗ってるだけ、日焼け止めを塗っているだけ、塗ってるだけだと自分に言い聞かせる。言い聞かせないと……ヤバい。

一番ヤバかったのは、ビキニの紐付近を塗るときだ。背中に塗るという行為は変わらないはずだ、そのはずなのに……。

紐の下に手を入れて、背中に塗る。

たった紐一本、服の中に手を突っ込んだわけでも、それ以上に過激なことをしたわけでもないのに……自身の手の上に紐の感触がある、それが僕の脳を揺らす。

ぶん殴られたような衝撃って、こういうことを言うんだろう。実際にぶん殴られたことないけど。頭がクラクラする。

脳内麻薬が出すぎているんだろうか。倒れそうだ。熱中症……じゃないよね。水分もちゃんととってるし。

「ふぅ……」

「あ、ありがと……」

僕が思っている範囲では、全て塗れたと思う。その段階で、僕は七海の背中から手を離す。手を離すときの水音がやけにクリアに聞こえた。

日焼け止めで濡れ、日の光を浴びてテラテラと光っている彼女の背中は、どこか艶めかしい雰囲気を発していた。

……これ、確実に僕の性癖が一つ開いちゃった気がする。そういうつもりはなかったんだけど、こういうの何フェチって言うんだろうか？

まぁいい。これで任務は完了だ……とか思ってたら、そうじゃなかった。

「あのさ……よかったら、上と……下も塗ってくれないかな？」

「上と……下？」

上はなんとなくわかる。確かに首元とか肩回りとか……その辺は塗らないと日焼けしてしまいそうだ。でもじゃあ……下は……？

僕はそのまま背中から視線を下に下げて……その……下ってお尻のことじゃないよね？

え？　そこ触るのはさすがにまずいでしょ。

でも確かに、水着の下からちょっとこう……はみ出てる部分も若干あるのでそこは日焼けするんだろうか？

「あの、陽信……お尻見すぎ。視線感じちゃうから……そこじゃなくて、足ね」

「あ、足ね。足。うん、足足。分かってたよー」

そりゃそうだ。お尻触るとかダメだろう。当たり前だ、分かってたよ僕は。

七海は僕に背中を向けたまま、器用にお尻を手で隠す。ごめんなさい、見ちゃってました。いやほんと、下とか言うから見ちゃったんです。

だけど七海の手はそこまで大きくないから……手で全てを隠しきれてはいなかった。それが逆にとても扇情的に見えてしまうのは……僕が邪だからだろうか？

気を、気を取り直そう。まずは上からだね。

寝っ転がったままな七海の上の方を見る。背中は塗ったけど……首元、肩回り、二の腕……そこは塗っていないからと、僕はそれらに触れていく。

「あんっ……♡」

首の後ろはまだ背中の延長だったけど、肩回りが特にヤバかった。触れるたびに発する七海の語尾にハートマークが見えた気がする。

寝っ転がってるから前の方には触れなかったんだけど、肩回りはほんの少し勢いが付いたらそのまま手が前方へ行ってしまいそうになる。

別に前の方を塗るわけじゃない。指先が触れるとしても鎖骨まで……いや、そこまでいっていないかもしれない。

それでも……。

「そこはだめ……」

とか言われたら……逆にもっと触りたくなってしまう。いや、触らなかったけど。

無言になりながら上が終わり、さて次は下の方だ……。

足ね、足。足の方だから。

太もも、膝の裏、ふくらはぎ……と、順番に、じっくり、丁寧に塗っていく。そして足首より先へ。足に塗るときは、それまでとはまったく違う緊張感があった。

七海が、足については前の方も塗ってほしいとか言い出したからだ。だからちょっとだけ足を持ち上げたり、痛くないように優しく曲げたり……。

一番、異質だなと思ったのは足の指に日焼け止めを塗った時か。

普段は絶対に触れない、彼女の足の指に触れるってのが……どれだけ異常なことか。異常って言うか、非日常って言ったほうがいいかもしれない。

なんだか背中に触れるより……何だったら胸に触るよりも変な背徳感があった。僕の指が彼女の足の指を触って、塗って……。

肉体的接触は表面的なのに、なんかグチャグチャに交じり合った気分だ。

「終わった……よ……」

それだけ言うと、僕はその場で仰向けになって倒れるように寝っ転がった。

精も根も使い果たしたような……異常な疲労感が僕を襲っている。まるでずっと走ってたみたいに汗が噴き出てくる。

そんな僕を、いつの間にかラッシュガードをバッチリ着た七海が覗き込むように見下ろす。ほんと、いつの間に着たんだろうか。いや、水着が見たかったとかでは……。

それでも、上から覆いかぶさるように覗き込むから、ほんの少しだけ揺れている部分に思わず視線が行ってしまう。

ぴったりとした生地だから一見硬そうにも見えるのに、とてもそこは柔らかそうに揺れている。何だこの矛盾した視覚情報は。

この世は不思議だ。

「ありがと、陽信……せっかくだし、前も塗っちゃう？」

「しないよ⁉」

ファスナーをちょっとだけ下ろしながら、七海は揶揄うような笑みを僕に向けた。その唐突な申し出に僕は反射的に否定をしたけど……。

あれ？　なんかこの感じって……。

日焼け止めを手にして、七海は僕が塗らなかった部分や、緩めた隙間からラッシュガードの下に日焼け止めを塗っていく。

ラッシュガードの隙間から手を入れる光景に、僕は思わず唾を呑む。

「じゃあさ、今度は私が陽信に日焼け止め塗ったげるねぇ、ほらほらー」

七海は手をラッシュガードから引き抜くと、そのまま僕のお腹あたりに自分の手を乗せる。さっきまで自分の身体に触れていた手を……僕のお腹と胸にだ。

か、間接なんたらになるんじゃないだろうかこれ？　なんだろう、混乱しすぎてもうわけわかんないよ。

予想外のその行動に僕は一歩も動けずにいた。疲労もそうだけど、その動きがあまりにも唐突で、そしていつも通りの七海で……僕は動けなかったんだ。

なんだか七海に触れられている部分が、ひんやりとしてる気がする。七海の掌が動く。小さな掌なのに、僕はその掌を何倍も大きく感じていた。

「えっ？　えっ⁉　七海……⁉」

「よっし、このまま塗ったげるねぇ。覚悟──！」

僕の困惑を無視するように、七海は両手を僕の身体に這わせていく。お腹、胸、腕、手、指……とにかく、日焼け止めを僕の全身に塗っていく。

塗り絵……塗り絵の塗られる側の気持ちってこういうのなんだろうか？　子供の頃にやったよなぁ……とかぼんやりと現実逃避をする。

そのまま僕はコロンと転がされて、背中の方も塗られていく。まぁ、七海一人の腕力じゃ無理だから転がるのは協力したんですけど。

彼女の掌の感触を全身で感じて、僕の身体で七海に触れられていないところが徐々になくなっていく。

さすがに、本当に全身とはいかないけど……それでも、最終的に僕は身体のほとんどの部分を七海に触れられたことになる。

終わる頃には七海も疲労感を感じているようだけど、それ以上に充足したような笑みを浮かべていた。

僕と言えば、さっきとは違う理由で息が切れていた。

いや、全身だよ？　全身彼女に触れられたんだよ？　すぐには起き上がれなくなっちゃうのも当然でしょうし、息も切れるよ。

七海はそれから、また自分の上半身に日焼け止めを塗っていった。さっきも塗ってたのに……なんでだろうか。ちなみに、ラッシュガードは着たままだ。

……もしかして、ラッシュガード着てるし背中とかは塗る必要ってなかったんじゃ？

いや、服を着ても紫外線は肌を焼くんだっけか……？

改めて塗り終わった七海は、そのまま僕の横に寝っ転がる。

ジリジリと日の光が僕と七海に照らされる。だけど、今の僕等は日焼け止めを塗っているから日に焼けることはない……。それでも暑いことには変わりないけどさ。

「七海……」

「陽信……」

寝っ転がった七海に僕が声をかけるのと、七海が口を開くのは全く同時だった。同時に声を出したことで、お互いに顔を見合わせて苦笑する。

お互いにお先にどうぞってやるんだけど、僕はお言葉に甘えて先に七海に言葉をかける。

僕が聞きたかったのは大した意味がないことなんだけど……。

「なんで、前の方にもっかい塗ったの？」

「ん？　日焼け止めは重ねて塗るとより日焼けしにくくなるんだ。それに……」

「それに？」

「陽信に塗った手で、そのまま塗ると……間接キスっぽくてちょっとよくない？」

七海が思春期の男子高校生みたいなことを言い出した。というか、僕と同じような発想をしていたのかよ。

えへへと笑う七海は、そのまま僕に近づいてきた。寝たままで器用に、ぴょんと飛ぶように近づいてくる。

車の中では開いていた距離が一歩、また一歩と近づく。

お互いの腕が触れそうな距離、いや、実際に触れていただろう。そこまで彼女が近づいてきてくれていた。

コロンと反転して、お互いに寝たままで向き合う形になる。

「陽信……ごめんね」

七海は少しだけ寂しそうに微笑んで、僕にごめんねと言ってきた。その謝罪の言葉の意味を考えて、僕は言葉を返す。

「それって、電話に出なかったこと？」

「それもだけど、バイト初日にヤダとか変なこと言っちゃったことも」

あぁ、七海はやっぱり何に対しての謝罪かってのをちゃんと分かって言っているんだな。

僕と違う点はそこだ。

「僕は気にして……」

言いかけて僕は言葉を止める。……ここで気にしてないとかは、嘘になっちゃうな。だから僕は、言葉を選びなおす。

今の僕の、正直な言葉を。

「……そうだね、すっごく気にした。僕が七海を怒らせたんじゃないかって、怖くなって色々やってたんだ」

ここで気にしてないよって凄くかっこいいんだろうけど……ここでそうしてお互いの気持ちを隠す方が後々ろくなことにならなそうだ。

腹が立ったなら怒ったと言って、悲しかったら悲しいと言った方が良い。それでまた喧嘩になることもあるかもしれないけど、ため込むよりは良い。

まぁ、程度によると思うけど……。

七海はちょっと驚いたように目を見開いて、それからまた笑う。

「……ほんとごめん、私もあの時は気持ちがぐちゃぐちゃで……言葉にしたらわけわかんなくなりそうでさ」

「そうだったんだ。まぁ、確かに気持ちと言葉がぐちゃぐちゃになることもあるよね」

「うん、めんどくさい彼女でごめんね」

「大丈夫、男の子はめんどくさいの好きだから」

プラモデルとかね。

いやまぁ、男女関係をプラモデルに置き換えるのも変だけど。少なくとも僕は、めんどくさいものって割と好きだしね。

だから、七海程度のめんどくささは大歓迎だ。

「そこ、肯定しちゃうの？　めんどくさくないよって言ってくれないんだー」

「いいじゃない。めんどくさいからこそ好きなんだし」

七海は小さくだけど、嬉しそうに……そっかぁと呟く。僕の言葉を受けて、七海は上半身をむくりと起き上がらせた。僕も一緒に、上半身を起こす。

上半身が起きた時に、ちょうどファスナーを下ろしていた隙間からラッシュガードの下が見えた……。ほんのちらりとだけ、見えた……。

え？　なんかなんも布が見えなかったっぽいんだけど……？　でも背中見た時ビキニの紐あったよね……どういうこと……？　チラッとだけだから気のせい……？

「……そ、そもそもさ、なんであんなこと言ったの？　何が嫌だったの？」

僕は動揺を気が付かれないように、聞きたかったことを口にする。七海はそのまま体育座りの体勢になると、首を傾げて僕に視線を送る。

「それなんだけどさ、今はまだちょっと私も整理できてないんだ。だからさ、夜に時間もらえるかな？　それまでに整理しとくから、二人でちょっと話そうよ」

「あ、うん。大丈夫だよ。僕等なんか、夜は同じテントになるみたいだし」

「あ、そうなんだ。じゃあ夜に一緒に……」

言いかけて、七海の言葉が止まる。

まるで錆びた玩具のように、七海はギギィッ……と音がしそうな動きで僕の方へと視線を送ってくる。

あれ？　この反応って……。まーさーかー……？

「夜……テント一緒なの……？」

「うん……そう聞かされてる……」

また七海は、錆びた玩具みたいな動きで顔を伏せる。

「聞いてなかった？　聞いてなかったね……？」

僕の言葉に、七海はこくんと顔を伏せたままで小さく頷く。そっかぁ、聞いてなかったかぁ……てっきり僕聞いてると思ってたぁ……。

そのまま、僕等は沈黙してしまう。七海がどう思っているのか、窺い知ることはできないけど……多分これ……照れてるよね。

朝まで気まずい状態が前提だったから、テントで二人きりになっても……変なことをする余地は少なかったけど、今はどうだろうか？

日焼け止め塗りっことかしといて、僕等は夜に正常でいられるんだろうか。

……考えても仕方ない、未来の僕、任せた。

「七海、遊ぼう！　たくさん海で遊んでクタクタになれば夜あっという間に寝られるよ！」

「そ、そうだね!!　たくさん遊ぼう!!」

お互いにガバリと立ち上がり、僕は七海をエスコートするように手を差し出した。七海はそんな僕の手に自分の手を優しく重ねる。

七海と手を繋ぐのも……とても久しぶりな気がする。実際は二日くらいぶりだけど。

「いこっか」

「うんっ!!」

そして僕は七海と一緒に……みんなのいる方へと駆け出して行った。

僕と七海の関係が改善されたことを、みんな我が事のように喜んでくれた。だけどまだ

すべてが解決したわけじゃなくて……今夜、僕と七海は話をする。

……二人っきりで。

まぁ、今それを考えても仕方ない。もともとは七海と一緒にいるための遠出だったんだから、それは願ったりかなったりだ。

今はとにかく、楽しもう。

と思ってたんだけど、ここで僕は困ったことに直面する。

海って何して遊ぶんだろ？

これなんか、前にナイトプールの時も思ったな。あの時は周囲の人を参考にしたりしてたっけ？　七海の水着姿が素敵だったってのと、一緒に浮き輪に乗った覚えがある。

今回もそんな感じで楽しめればいいかなぁ……だけどまずは……。

「とりあえず、準備運動をしよう！」

「準備運動するんだ」

「いや、だって水すっごく冷たいから……」

そう、水がものすごく冷たいのだ。プールの時はここまで冷たくなかった気がする。てっきり気温が高いから水温もそんなに低くないと思ってたのにこれは意外。

めちゃくちゃ冷たく感じる。

「わ、ほんとだー。水つめたーい。うりゃっ!!」

「わぁ?! つめたっ!!」

足だけを水につけていた七海は、そのまま足を勢いよく動かして水を僕にかけてきた。そんなに多くないけど、水は僕の身体にかかって思わず声を上げてしまう。

反撃しようと僕も同じように水を七海にかけようとするんだけど、七海はあっという間に僕の後ろに回りこんでもう一回水をかけてきた。

「うひゃっ?! もー、遊ばないの! ほら、準備運動やるよ!」

「わぁ、怒られたー」

はしゃいでいた七海は、そのまま逃げるように水から出ていく。砂浜には七海の足跡ができるんだけど、日差しが強いからその足跡もあっという間に消えていった。

僕はなんとなく、その消えた足跡の上をなぞるように歩く。七海の足跡の上に、僕の足跡が一瞬だけ重なるけど、それもすぐに消えた。

周囲を見ると、海に入る前に軽く準備体操をしている人もいるようなので、僕等がしても変じゃないだろう。僕もそこまで詳しいわけじゃないし、筋トレ前のやつでいいかな。

「じゃあ準備運動しよっかー」

「はーい、せんせーい」

大きく手を挙げて七海はいい返事をする。僕が先生なんて呼ばれることはまずないから、なんだか新鮮な気分だ。

とりあえず、上半身やってから下半身の運動かな。僕の動きを真似て七海も準備運動をしていく。僕と同じように手を上げたり、身体をひねったり、屈伸したり……。

……普通の準備運動、なんだけど……

準備運動する姿がどこかこう……健康的なのに扇情的に見える……。これって、七海が僕の彼女だからか？　それとも久しぶりに一緒にいるから、余計にそう見えるんだろうか？

いかんいかん。煩悩退散、煩悩退散……。

「どしたの陽信？　ちゃんと準備運動しないと危ないよ？」

「おわっ?!」

いつの間にか七海が僕の目と鼻の先にいたので、驚いた僕はそのまま尻もちをつく。日に照らされた砂浜はかなり熱くて、思わず悲鳴を小さく上げた。

「ありゃ、お尻火傷した？」

「してないけどあっつい……足だと平気なのに尻だと熱い……」

「あはは、砂ついてるよー？　ほら、はらったげる」

七海はパンパンと僕のお尻についている砂をはらってくれている。

他意はない、きっとないんだ。別に海に入るからはらう必要はないと気づいたけど、僕はされるがままにしていた。

……なんだろう。七海に尻を叩(たた)かれるって、変な扉(とびら)が開きそう。今日だけで僕、どんだけ開いているんだ？　新しい発見が多すぎる。

キレイになったタイミングで、七海は考(かんが)え込むと……自分も砂浜に座(すわ)り込んだ。

唐突な行動に僕は声をかけるタイミングを失うんだけど、七海はすぐに顔をしかめて立ち上がった。

「あっついー!!　なにこれ、すごく熱いんだけど。砂浜ってこんなに熱くなるんだ?!」

「何してるの七海……」

「いやぁ、陽信が熱がってるからどれだけなのかなって……。すごく熱かったぁ……」

七海はくるりと回ると、僕に背中を向ける。さっきの僕もこんな感じだったのかなと思うくらい、七海のお尻にたくさんの砂が付いていた。

「……はらってみる？」

「しないからね?!」

とんでもない提案をされた。七海は笑いながら自身のお尻に付いた砂をはらっていく。

わざわざ僕に見せるようにしてるから、彼女の揺れるお尻を僕は視界にとらえていた。

いや、これは僕で隠してるのか。

彼氏としての役得かと……無理やりに自分を納得させる。たぶん七海、そういう点に無頓着なところがあるだけだと思うけど。

そうなんだよね、七海って割と隙が多いんだよ……。分かっててやってる時はいいけど、分かってない時の行動が本当に心臓に悪い。

今の砂の件とか、はらうって聞いてきたのはわざとだろうけど、そのあと僕の目の前でお尻の砂をはらったのはたぶん意識せずだと思う。

こういう行動を見ると、やっぱり七海は一緒にいて守らなきゃと思う。思ったきっかけがちょっと最低かもしれないけどさ。

「それじゃ、準備運動も終わったし……海に入ろー！」

「そうだね。あ、七海……一つ注意なんだけどさ」

「ん？　なーに？　ナンパとかなら陽信と一緒にいるから心配ないと思うよ」

「水着、波に流されないように注意してね？　流されたら即、僕に言ってね。なんとかするからさ」

「それって心配することなのッ⁉」

いやいや、心配することだよ。ここまで色々なことが起きてるんだから、その心配もしておいて損はない。

万が一にも、七海のあられもない姿を他人に見せるわけにはいかないんだ……。ラッシュガードの下、見てないんだし。

「もう……心配性だなぁ」

苦笑しながら七海は、改めて僕にくっついてきた。水着姿でも、お構いなしに。

それがとても嬉しい。いや、肌の密着とかじゃなくて単純に七海との距離がいつもと同じになったことがね、とても嬉しいんだ。

まぁ、海に入るときはくっついてたら危ないから、離れるんだけどさ。冷たい水が身体を刺すけど、準備運動や日差しで火照った身体に気持ちが良かった。

太ももあたりまで水の中に入った段階で、七海が僕の方へと向き直る。そして、さっきみたいに楽しそうに僕に水をかけてきた。

僕も負けじと、七海に向かって水をかけた。水のかけあいって定番だけど、実際にやってみるととても楽しい……。そんな風に、僕等は過ごした。

ちなみにこの後、七海は水着を流されることはなかったものの……ラッシュガードが流されてしまって大慌てすることになる。

どうも僕は、余計なフラグを立ててしまった様だ。

陽信と仲直り……仲直りって言っていいのかな？　ともあれ、私は陽信に自身の行いを謝罪して、普段通りの関係に戻ることができた。

やっぱり私の発言を陽信も気にしてたんだな。あそこで気にしてないよって言わないあたりが彼らしいと思う。それに対して私は……ちょっとだけ嬉しかった。

嬉しいって言うと語弊があるかな。でも、それだけ私のことを真剣に考えてくれたんだなって、申し訳なくなると同時に陽信でよかったって思った。

そのきっかけが……日焼け止めをお互いに塗ったからってのがちょっと、だいぶ、変な感じだけど。そんな仲直りある？

なんか陽信に触れられて、私も触れてたら……すごくあったかい気持ちになったっていうか、気持ちよくなったっていうか……。

背中だけじゃなく、足とか腕とか肩とか……いろんなところに触れられて、彼を感じて、なんだか安心して、変なわだかまりが自分の中から消えていった。

触れられるって本当に凄いなぁって、そう思ったから私も彼に触れたんだけど。陽信もそう感じてくれてたら嬉しいな。

なんか首筋あたりを触れられたときは身体が痒くなるっていうか、ムズムズする感じがしちゃって思わず拒否しちゃったけど……。

あれってなんだったんだろ。まぁ、いいや。

それからは、陽信とたくさん海で遊んだ。海ではしゃいで、バーベキューを食べて、二人でのんびり日光浴して、また日焼け止め塗りっこして……。

楽しかったなぁ。

あ、ラッシュガードが流されちゃった時は焦ったけど……。水の中に隠れて、陽信がラッシュガードを探してきてくれたから見られることはなかったんだっけ。

……そう、水着だ。

今回の、私の変な意地みたいなもののせいで、みんなにも迷惑を色々とかけちゃったみたい。リナさんにはたくさん謝られちゃったっけ……。

気にしなくてもいいのに。

それに、陽信と仲直りするためのアドバイスも色々としてくれたし。

その中の一つが……私が着ていた水着だ。超セクシー水着で彼氏に許してって言えば一発だよとか言ってこの水着くれたんだよね……。

あまりにも恥ずかしくてラッシュガード着ちゃったけど。

だから、私の水着の上は……陽信も見てない。ラッシュガードが流されたときも、陽信は紳士的に見ないでくれていた。

歩にはめっちゃエロいとか言われちゃったんだよね……。そんなにかな？

いつか二人きりの時に、陽信だけには見せたいかも？

そんな風に、昼間にたっぷりと遊んだ私たちは今はテントの中にいる。テントに……二人っきりでいる。

い、今は見せないよ。二人っきりだけど、いつかね、いつか。

ヘタレな私は自分に言い訳をする。夜になったから水着の上から服を着てるんで、今から見せるとなるとそれらを脱がなきゃいけなくなるし……。

そっちの方がヤバい気がする。

陽信も、下は海パンのままだけど上はシャツを着ている。夜になっても気温はあまり下がっていないんだけど、それでも夜風から身は守らないとね。

そんな服を着た私たちが……テントの中で向かい合っていた。

大人組は今もテントの外で酒盛りをしてるみたい。私達も一緒にどうかーとか言われたんだけど、お酒も飲めないし辞退した。

というか、酔っぱらいの相手したくないし……。

初美と、修兄が合流した歩は一緒になってはしゃいでいるみたい。なので、その辺りは二人に任せることにした。

「み……みんな、盛り上がってるねぇ」

「も、盛り上がってるねぇ」

だから、私たちは二人っきりになれている。

今このテントの中には私達の荷物と、お互いの寝るための寝袋が二つ。ここに……並んで寝るんだよね、私達。寝袋って初めてかもしれない。

寝袋だからさ、前のお泊まりの時みたいにぴったりとはくっつかないんだよね。隣り合ってるけど隔たりはあるというか……。

寝袋を視界に入れた瞬間に、私は予めされていた忠告を思い出してしまった。

『キャンプ場でエッチはだめだよ。周りの迷惑になるからね』

一気に頬が熱を持つのが分かった。急に私が真っ赤になったからか、陽信は私を見て目を丸くしてびっくりしちゃってた。

普通のもしたことないのに、キャンプ場でそんなことするわけないでしょ!!

言われたときはそう返したけど、今はちょっとだけ、ちょっとだけ忠告を貰ってなかったらそういうことをしていた可能性があるなと……。

昼間にテントに入ったときにはそうは感じなかったんだけど、夜になると……とたんにテントの中が狭く感じた。

日が落ちて、テントの中も暗くなって、明かりと言えば外からの光かスマホの明かりだけ……目を凝らしてようやく相手が見える程度……。

まるで電気を消した部屋みたい。

電気を消すという単語に、過剰反応しちゃう。少女漫画とかだと初めての時って……電気消してほしいなって言ってたけど……。状況だけがそれに合致してる……。

「七海、どしたの？」

「ぴゃっ⁈」

急に声をかけられて、私は身体を跳ねさせる。なんで私が驚いたのか、陽信には分かんないだろうし分かられたら恥ずかしくて死んじゃう。

私の声に驚いた陽信もちょっと驚いてた。私の内心は……知られてないみたい。

「ここで二人で寝るって……ドキドキするね。僕、寝袋って初めてだよ」

「私も初めて……かな？　覚えてないから、初めてみたいなものだね」

「これ、どうやって寝れば……？　ここに足つっこめばいいのかな……？　なんか、入っていかない……どうすれば……？」

陽信は寝袋を見ながら、どうやって使うのかを確認する。足を入れるんだけどなかなか入っていかなくて、悪戦苦闘する姿がなんだか可愛かった。

私も一緒になって確認しようかなって、陽信の隣で自分の寝袋をいじってみる。確かにこれ、ちょっとわかりにくいなぁ。あ、でもこれもしかして……。

「陽信陽信、この寝袋って開けるみたいだよ。ほら、こうやってお布団にできるみたい」

「え？　そうなの？　あ、ほんとだ……。すごく広がるね……」

「これなら別々じゃなくて、一緒に寝られるねぇ」

その言葉を聞いた瞬間、陽信が黙りこくってしまった。それは当然、私もだ。

……今、何言った私？

あぁ、ほら、陽信も困ってるじゃない！　一緒に寝られるって誘ってるわけじゃないの、誤解なの！　つい口に出ちゃっただけなの！

陽信は手にした寝袋と私の間で視線を行ったり来たりさせてた。お布団みたいにすれば広く使えるし、片方がシート代わりにもなるかなとか思ったの！

「ご、誤解だから！」

私は陽信を制するように片手を見せて、実際に見せるのが早いと言わんばかりに寝袋をテントに広げていく。

寝袋は思っていたよりも大きくて、テントの中に広がった。少なくとも……二人くらいは寝っ転（ころ）がれる面積がある。……私、墓穴（ぼけつ）掘（ほ）った？

ほらぁ、陽信も困っちゃってるー！　どうするのさこの空気！　今からここに寝っ転がる……？　でもそれってなんか誘ってるみたいだし……。

どうしようかと私が頭を抱（かか）えてると、陽信は無言で私が広げた寝袋の上で正座をしだした。そして、私に優しく微笑みかけてくる。

「七海、膝枕（ひざまくら）してみる？」

……あ、朝の移動の時の。

そうだった、私はせっかく誘ってくれた陽信にお断りしてたんだっけ。今なら……素直（すなお）にしてもらえるかも。

私が無言でこくりと頷くと、陽信は優しい微笑みのままで自分の膝をポンポンと叩く。まるで光に向かう虫みたいに、私は誘われるままにそこに行く。

薄暗（うすぐら）いからか……あまり恥ずかしさは感じなかった。

そのまま陽信の膝に自分の頭をのせると、陽信は自分の手に持っていたもう一つの寝袋を広げて私にかけてくれた。

かけてくれた寝袋の方も広くて……私は思わずその温かさに寝袋の端を握ってしまう。

なんか、気持ちいいなぁ。

えっと……二人で何をするんだっけ……。頭がボーっとしてくるんだけど、私は本来の目的を思い出す。そうだ、陽信とお話しするんだ。

陽信は、決して私に話を催促しない。ただただ、私の言葉をゆっくりと待ってくれているようだった。

時折、陽信はまるで幼い子供にするみたいに私の頭を撫でてくれる。嫌がる人もいるって聞いたことあるけど、私はこれが好きなんだよね。

なんか、安心する。あとはお腹ポンポンってされるのも好きかな。

触れてくれる人がいるのって、触れて安心できる人がいるのって……とってもいいなって思う。不安が消えていく。

だから、私も自然と言葉を出すことができた。

「あのね……嫌だなって思ったのは……私の知らないところで陽信を好きな人が増えたらどうしようって思ったからなんだ……」

私は前後の脈絡なく、唐突に話を始めた。

それは私の気持ちの吐露。どう思ったのか、あの時何を考えていたのか、私なりに整理した言葉たちを私は放つ。

彼はそれを、黙って受け入れてくれていた。

「噂を聞いちゃったんだ、とっても失礼かもしれないけど、それがとても嫌な噂でさ」

「噂？　どんな……？」

「陽信のバイト先の先輩が、彼女もちの彼氏さんを取っちゃう人って噂……」

そんな噂を信じてって呆れられるかな？　それとも怒られるかな？　我ながら子供っぽいとは思うよ、そんな噂を信じちゃったりして。真偽不明だしさ。

このことを教えてくれたリナさんだって噂だって、眉唾だって認識のようだった。それを信じちゃったのは、私の責任。

責められてもしょうがないやって思う。

嘘を吐く人は悪い、これは当然のことなんだけど……。前に何かで読んだことがある。嘘をそのまま信じる人も……嘘を吐く人と同じくらい悪いって。

最初は納得いかない意見だったけど、今ならその意見も一理あるってわかる。無責任な妄信は……危険なんだよね。

自分にも相手にも失礼だし。今回は私が勝手にかき乱されちゃっただけだけどさ。

それにしても、私って噂とか嘘とかそういうのに縁があるなぁ。嫌な縁だけど。今度また、悪縁を断ちにデートした神社に行こうかな。

「噂かぁ……そういう噂って、なんで出回るんだろうねぇ」

「私も、ラウンドガールの人に聞いただけだからさ。同級生みたいだよ」

教えてくれたリナさんも、あくまで私を心配しての念のための発言だったみたいだし。本当にそうだったら……後悔してもしきれないから。

「ごめんね、私……陽信を信用してないみたいなこと言っちゃって……」

陽信はひとしきり私の話を聞いてくれていた。その上で返ってきたのは……沈黙だった。

それがちょっとだけ……私の背筋を冷たくする。

陽信はどう考えてるんだろう。そんなくだらないことで、私が変なことを言っちゃって……嫌われちゃったらどうしよう。

でも、私は正直に感じたことを伝えたかった。それがせめてもの、私の誠意だと思うからさ。でも同時にこう考えちゃう。

もしも陽信が他の人に取られちゃったら……私ってどうするんだろ。考えても答えは出ないし、陽信はそんな人じゃないって信じてるけど……。

相手が私より素敵だったら……そう思っちゃう。

「まぁ、それなら確かに心配だよねぇ」

不安に感じていた私に、陽信は静かにそんな言葉をかけてくれる。

「……怒ってないの？」

「怒る理由はどこにもないかなぁ。僕が逆の立場でも嫌だって言うよそれは。僕も不用意に……ポンポンと余計なことを言ったかもね」

失敗したなぁ……と言って陽信は、そのバイト先の先輩のことを詳しく話してくれた。やたらとノリが良くて、距離感が近いっていう……バイト先の先輩の話を。

ていうか、呼び方って名前じゃなくて名字だったんだ。てっきり名前での先輩呼びだと思ってたよ……。うわぁ、早とちり恥ずかしい……。

「まぁ、だからきっとその噂もどこかで誤解があると思うんだよね」

「誤解かぁ……。陽信がかばうってことは、そんな悪い人じゃないのかもね……」

「そうだね……とにかく距離感近いから、男子なら勘違いしちゃいそうだし」

まぁ、僕は大丈夫だけどねと陽信は最後に付け加えた。肩を竦めて、おどけるようなその言葉に、私はクスリとしながらあえて聞いてみる。

「なんで、大丈夫なの？」

「そりゃ、可愛い可愛い彼女がいますから」

それを聞いて、私はとても嬉しくなった。うん、たとえ噂が本当だったとしても陽信なら大丈夫だ、絶対に大丈夫だ……。

そう思った瞬間だった。私の身体は安堵感に包まれる。

実はね、もう一個あったの……不安に思ったこと……それを口にしようと思ったところで、安堵感とともに、急激な睡魔に襲われた。

これは一つの不安材料が解消されたことによる気の緩みも……ありそう……。抗えない心地のいい微睡が全身に広がっていく。

私はそのまま……彼の膝枕で眠りについた。

それは二日ぶりの、不安も何もない眠りだった。

◇◇◇◇◇◇◇◇◇

ふと、目が覚めると……陽信がいなかった。あれ？　私……彼の膝枕で寝ちゃって……。

寝袋は……寝た時のままになってる。陽信だけがいない。

外は暗くて、当然ながらテントの中もかなり暗いから私はスマホで明かりをつける。深夜四時……昨日起きた時間と同じくらいだ。

あれだけ騒がしかった外も、今はとても静かだ。たぶん、みんな寝ているんだろうな。変な時間に起きちゃった。

陽信が隣にいたらこのまま寝てたんだろうけど……いない……。

外にいるんだろうか？

私はせっかくだから、テントの外に出てみることにした。まだ日も昇ってないし、このカッコだとちょっと寒いかもしれないから……一枚着ていこう。

実は持ってきていた、白いワンピース。ちょうどいいからこれを着ていこう。下は……乾いてるし水着のままでいっかな。

私はぱっとワンピースを着ると、そのままテントの外に出る。

誰もいない。風も少ない、穏やかな天気だ。波の音もざざんと小さく遠くに聞こえる。陽信はお手洗いかな……？

日も昇ってないから暗いんだけど、夜明け前の暗さというか……周囲を見渡せる程度には明るい。不思議な時間だ。

だからキョロキョロとあたりを見回したら、少し遠くに見覚えのあるシルエットを見つけることができた。

たぶん……陽信だ。

砂浜に一人座って、海を眺めている。どうしたんだろうかって、私はゆっくりと彼に近づいていった。

ワンピースを翻しながら、一歩一歩ゆっくりと、確実に彼に近づく。

まるで急いで近づいたら彼がその場所からいなくなってしまいそうな……そんな気持ちになっていた。実際にはそんなことないのにね。

「よーしん、おはよ」

「あ、七海……おはよう。起こしちゃった？」

私は小さく首を振ると、そのまま彼の隣に座る。夜の砂浜は昼間と違ってひんやりとした感触が肌に伝わってきた。

同じ砂浜なのに、日の光があるのとないのとではこんなに違うんだ……。

私と陽信は、隣り合いながら海を眺める。

ざざん……という波の音が静かな夜に響いている。それを私たちは眺める。夜の海ってちょっと怖いけど……なんだか幻想的で好きかもしれない。

あんなに青かった海も今は真っ黒だ。なんだか吸い込まれそうな色をしている。

「もしかしてさ、私がいたからテントで寝れなかった？」

「あ、いや……そんなことないよ。その……実は隣で一緒に寝てたからさ」

うそ、それってホントに？　一緒に寝てたの？

意外な言葉に、私はちょっとだけ目を丸くする。でも確かに、あの寝袋の使い方なら二人で一緒に寝られるよね。うん、寝てくれてたんだ。

少しだけ惜しいと思いながら、私は静かに膝を抱える。いわゆる体育座りの状態だ。せっかく一緒に寝てたのにその記憶が全くないなんて……。

「その服……」

「ん？」

ちょっとだけ気落ちしていた私の耳に、陽信のつぶやきが届く。私は体育座りのままで自分の身体を抱えるようにして彼に視線を向ける。

「初めて見るね、そのワンピース」

「確かに、見せるの初めてかも……海沿いはこういう服の方がいいかなって」

「なんか、すごく清楚に見えるね」

「えぇ？　見えるだけ？」

くすくすと私が笑うと、陽信は困ったような苦笑を浮かべた。褒められたけど、ちょっと意地悪を言っちゃったかな。

でも清楚に見えるって、私が普段は清楚じゃないみたいじゃない。

……いやまぁ、最近の行動は清楚とは程遠いかもしれないけど。ちょっとだけエッチなこととかも陽信にしちゃってるし。それにまぁ……。

「確かにワンピースの下、昼間の水着だから……清楚とはまたちょっと違うかも？」

「え、エッチな水着着てるの……？」

え、えっちな水着じゃないし。ちょっとこうセクシーな水着ってだけだから。ワンピース着てるから見えないし、見えなかったらエッチじゃない。

私はコホンと一つ咳ばらいをすると、気を取り直したように立ち上がる。そして着ているワンピースを見せつけるように、陽信の前でくるりと一回転する。

ふんわりと翻ったスカートがかわいくて、個人的にはこのワンピースはシンプルながらお気に入りだ。

クルリと一回転すると、また私は陽信の隣に座る。

どうだったと言わんばかりに、私が小首を傾げるとその思いが伝わったのか、陽信は一言……似合ってるとだけ言ってくれた。

そして。真剣な面持ちになると上半身を後ろに反らして空を見上げる。空は……夜明け前だからか不思議と星が見えなくて……ただ晴れている空があるだけだった。

まだ暗いけど、きっともうすぐ夜明けだ。

「ちょっと考えてたんだ、さっきの噂の件」

「先輩さんの噂……かな」

「うん。やっぱり、噂は確かめたほうが良いと思うんだ。じゃないと、七海がモヤモヤしたままになる。それは避けたいしね」

確かに、私のバイトは終わったけど、陽信のバイトはまだまだ続くもんね。そのたびにやきもきするくらいなら……確認したほうがいいと思う。

陽信、ずっとそれを考えてくれていたんだ。それは嬉しいけど……変にバイトしづらくなってもダメじゃないかなぁ。

「七海、覚えてるかな？　七海の誕生日のこと」

「え、なんのこと……だろ？」

急に陽信が私の誕生日について口にする。そういえば、もうすぐ私の誕生日だ。うわ、モヤモヤしてたからすっかり忘れてた。

もしかしてだけど、今日ここに来なかったら誕生日までこのままだったってことなのかな……？　それは……嫌だったなぁ。

よかった、誕生日前に解決して。

「誕生日なんだけどさ、僕も両親を説得するから……ずっと一緒にいようか」

「へ？」

その言葉で、確かに私はそんなことを口にしたことを思い出した。半ば無理だなと、ほとんど冗談で口にした言葉。

誕生日は夜中から一緒にいてほしい。酷く子供っぽくて、その割にかなり欲望が丸出しの私の願い。朝から晩までずーっと一緒にいるってこと。

現実的に無理だと思ってたけど……陽信はずっと一緒にいてくれると口にしてくれた。

「まぁ、現実問題……夜中の０時から一緒は無理だけどさ……それでもその日だけ、門限過ぎても一緒にいようよ」

「……なんで？　いいの？」

「うん。それとさ、誕生日に僕のバイト先に行ってみようか。そこで……実際に先輩を見て判断してほしいかな。噂通りの人なのかって」

そこで白黒……ちゃんとはっきりさせようかと陽信は言ってくれた。

なんだかむずむずして、そわそわして、私はこっそり地面に二人の名前を書く。そして、座ってられなくなった私はゆっくりとその場に立ち上がる。

「陽信、ちょっとお散歩しよっか」

立ち上がった私は、陽信に手を伸ばす。せっかく夜の海で二人きりなんだから、一緒に浜辺を歩きたいなと思ったんだ。

もうすぐ夜明け……この夜中と夜明け前の中間の貴重な時間を……二人だけで歩いてみたかった。

陽信は無言で私の手を取ってくれると、そのまま私の隣に来てくれる。手は繋いだままだ。私は嬉しくなって、その手に力を込める。

「じゃあ、ちょっと散歩しようか」

「うん」

そのまま、ゆっくりと砂浜を二人だけで歩く。まだ寝ているのか周囲には誰もいないし、あれだけ騒がしかったのにとても静かだ。

まるで世界に私と陽信の二人だけみたいで、怖くも、楽しくも、嬉しくもある。この時間がずっと続いてほしくて、私はゆっくり、ゆっくりと歩いていた。

「そういえばさ、不安なことってもう一つあって」

「なに？　この際だから……全部聞くよ」

「うん、私もいまだから言っちゃうね……」

私は心の中にあったもう一つの不安。もしかしたら……委員長が陽信のことを好きなのかもしれないってことを口にする。

もしかしたらそれで、委員等はそれが許せなくて、陽信に忠告をしたのかもしれない。

それが私の中にあった不安。陽信は私の言葉を受けて、歩きながらポリポリと頬をかいていた。

「うーん……」

うなる陽信に、ほんのちょっとだけ不安感が心の中に現れるけど……あまり焦りはなかった。夜だからか、二人で散歩をしてるからかなのは分からないけど……少なくとも、心はほとんど穏やかだった。

「僕が七海以外を好きになるのって、想像できないなぁ」

困ったように笑う陽信を見て、私は……何も言えなくなった。

私の不安はどっちも、陽信が他の人を好きになっちゃわないかっていう心配からくるものだ。だけどまぁ、この笑顔を見たら私も馬鹿だなぁとは思う。

相手が好きになるかもしれないという以上に、私が陽信を好きになって、好きになってもらえるように努力すればよかっただけなんだよね。

不安に思うなら、不安にならないように動く。変に複雑化しないでシンプルなそれくらいで十分だ。

陽信が私以外を好きにならないって言うなら……その好きを繋ぎとめるためにやれるこ

とは何でもやる。

それが私の、これからやることだ。

攻めて攻めて、とことんまで攻めてやる。

……ってことは、ワンピースの下の水着見せた方が良いだろうか？　私は陽信と手を繋いだまま、ワンピースの裾を摘まむ。

「ワンピースの下の水着、見る？」

「待って、今の会話の流れでなんでそうなったの？　え、ビックリしたんだけど」

あ、いきなりで驚かせちゃったか。でもなんか、今の私はこのワンピースをまくって下の水着を全部陽信に見せてあげたい気分になったんだよね。

そのことを彼に伝えたら、陽信は少しだけ考えるようなそぶりを見せてから真剣な表情になった。そこから出てきた言葉は、予想外のものだった。

「それじゃあさ、七海、キスしていい？」

急な彼からのキスの提案に、私はびっくりしたけど……それと同時にちょっとだけ嬉しくなった。でもなんで、急にキス？

「……いいけど、どしたの？」

「これから七海が不安にならないように……今後は僕からも積極的に行こうかなって」

あんまり僕からこういうの、言ったことなかったでしょって陽信ははにかんだ笑みを浮かべながら口にする。

そういうことを言われたら……嫌って言えないじゃない。拒否する気もないけどさ。

気が付くと、空が白んできていた。日が昇ってきているんだ。きっと、起きてくる人も増えるだろうな。

そしたらキスもできなくなる……だから……私は陽信の前でそっと目を閉じた。それに合わせるように、私の肩に彼の手が触れる。

こうして、夜明けの光が射す中で……私と陽信はキスをした。

「おやおや～……仲がよろしいですねぇ……」

「完全に仲直りできたようで……何よりだわ。つーか、よく寝られるなこの二人」

「これで手を出さないって、ある意味凄いよねぇ……」

翌日、テントの中で並んで仲良く寝る二人を見た人は、みんな同じような感想を抱くのだった。

第三章　宵っ張りか夜明かしか

誕生日。一年に一回、生まれたことを祝う日だ。前に何かでルーツは海外の風習だって見た覚えがある。海外の風習なのはケーキで祝うことだったかな？

確かに誕生日ケーキって定番だけど、日本には昔からケーキがあったわけじゃないから、古来の風習ってわけじゃなさそうなのは理解できる。

いや、そういう雑学と小さな疑問はこの際どうでもいいか。大事なのは、お祝いするってことだ。

お祝いするのは当たり前だけど僕の誕生日じゃないし、家族の誕生日でもない。

七海(ななみ)の誕生日だ。

僕は七海の誕生日を祝うために、全力を尽(つ)くす。

恥ずかしながら……僕は今まで他人の誕生日を祝ったことがない。少なくとも、記憶している範囲(はんい)ではだけど。

もしかしたら小学生の時とかはお祝いしたことあるかもしれないけど、ろくに覚えてないからノーカウントだ。

まぁ、仮に覚えていたとしてもそういう記憶は彼女の誕生日をお祝いすることには役に立たないだろう。小学生の時だし……。

今年の誕生日は、二人で初めて過ごす。だからってわけじゃないけど、七海の希望を僕は可能な限り叶えてあげたいと思っている。

だから……。

「というわけで、許していただけないでしょうか」

姿勢を正して、僕は目の前の両親に頭を下げた。

僕の言葉を受けて、父さんと母さんは渋い顔をしている。僕はと言えば誠意を見せるために父さんと母さんの目の前で正座をしていた。

きちんと礼儀正しく、不純な思いはないというのを示すのに正座というのはとても効果的だ。凛とした佇まいが相手への真摯な姿勢として見えるからだ。

「……もう一回、聞かせてもらえるかしら？」

母さんは僕の言葉を受けて、渋い顔をしたまま先ほどの説明をもう一度と人差し指を一本立てる。ふむ、仕方ない。もう一度説明しますか。

「まず、七海には誕生日の前日から僕の部屋に泊まってもらいます」

「うん、そこいきなり大問題よ。陽信あなた、よりにもよって自分の部屋って言ったわね」

「言ったけど……変なことはしないよ。誓うよ」

僕の言葉を受けて頭を抱えた母さんだけど、ジェスチャーだけで話の続きを促す。だったらいちいちツッコミを入れなければいいのに……と思いつつも気持ちは分かる。

逆の立場ならきっと僕もツッコんでる。だけどまぁ、悪態くらいはつかせてくれ。

「次に起きたら……しばらく家でのんびりと過ごしてから出かけるよ。誕生日の日にちょうどアートパークをやってるみたいなんで、そこに行ってみようかなって」

「それはいいわ、とても高校生らしいデートだと思う。うん、素晴らしい」

いちいちツッコミが来るけど、それは無視だ。話が進まないし、どっちかというと美術館には夏休みの宿題も兼ねて行くんで……別に本命じゃないし。

ただまぁ、健全な要素に父さんも母さんも納得したのかうんうんと頷いている。さっき説明した時も思ったけど、ここだけは反応が良いんだよね。

問題はここからだ。

「それから、外で夕食を取って夜景を見に行こうかなって。だからその……いつもより帰りが遅くなるんで、それを許してほしい」

「具体的には……何時くらいになるのかしら？」

「早くても夜の十時くらいかなって思ってるけど……」

母さんが一番渋るのがここだった。たぶん、夜遅くまでってのが心配なんだろう。正確には、母さんは僕のことはあまり心配していない……。

どちらかというと七海の方……余所のお嬢さんが遅くまで外出していることに……僕が外出させていることを渋っているようだ。

「あちらの親御さんは……ご存じなのかしら？」

「母さんたちを説得できたら、七海の家族には説明しようと思ってるよ」

実はこの説明はもう三周くらいしている。母さんも父さんも、僕の提案を頭ごなしには否定しないんだけど、どこか不安げにしているようだ。

確かに最近物騒ではあるけど……それでも、人の多いところにしか行かないし変なことにはならないと思うんだよなぁ。

「その日は……外で泊まりはしないのね？」

「へ？」

その質問は、過去のパターンには無かったものだ。思わず僕が間の抜けた声を発すると……母さんは質問の意図を明確にはせずにもう一度僕に聞いてくる。

「外で……泊まりはしないのよね？」

もう一回聞いてきたことで、ようやく僕の頭にも母さんのその言葉が染みこんだ気がする。泊まりって……泊まりだよね。泊まり……。つまり、そういうことか？

さすがに実の親から聞かれるとは思ってなかったので、僕は返答に困ってしまう。

ただ、僕は困って沈黙したのであって図星を突かれて黙ったのではない。このままだと沈黙が図星だと思われてしまう……それは避けないと。

「その……外で泊まりは無いです。それは絶対」

「……そう」

正直、もう何回も七海とは一緒にお泊まりしてるから今更かもしれないけど、これは言っておかないといけない。

なぜなら、僕と七海は……二人きりで泊まったことはないからだ。

僕と七海のお泊まりには必ず周囲に誰かいた。この前のキャンプはちょっときわどかったけど、それでも二人っきりではなかった。

……いや、よく考えたら二人きりじゃなく泊まってる回数が多いってのはそれはそれで異常なんじゃないだろうか。

深く考えたら沼にハマりそうだから、今はちょっと考えるのやめておこう。

「まぁ、いいんじゃないかな」

母さんが難しい顔をしていると、横から助け舟が入る。父さんだ。父さんはなぜか苦笑しつつ……僕じゃなくて母さんを見てる。

なんで？

「高校生なら、もう大人の考えができるわけだし。陽信なら変なことしないだろう」

「私個人としては、ここで大人の考えをされるのは逆に心配なの……」

「確かに、志信さんの行動を思い出すと心配になるよねぇ」

「陽さんッ?!」

父さんの言葉に、珍しく母さんが声を荒らげた。さっきから僕には分からないやり取りに、置いてきぼり感を覚えつつも僕は二人に視線を向ける。

バツの悪そうな顔をしている母さんと、そんな母さんをどこか懐かしそうに、嬉しそうに……父さんは見てる。

「まぁ、そこは父さんと母さんにとっても思い出の場所ってことだよ。私たちが行った時とは色々と変わってるだろうけど……」

それだけいうと、母さんが父さんに対して弱弱しく拳で殴りつけた。なんかこう……親のこういうイチャイチャを見せられると結構精神に来る。見てられない。

僕も父さんたちから見てそんな感じなんだろうか。ごめんなさいという気分だ。

　ひとしきり続いた両親のイチャイチャが終わったら、母さんはやっと僕の呆れたような視線に気が付いたのか、そこでハッと僕の方を見て咳払いする。

「……冗談ならいいけど、息子とそういう話を真剣にするのは照れるわね」

　冗談でも真剣でも、やめてください。

　とりあえず、紆余曲折はあったけど僕は両親から門限を越えたデートを許された。二人きりで門限を越えてのデートって初めてだなぁ。

　今までも遅くまで外にいることはあったけど、全部大人がいたし……。こないだのキャンプの時もだけど。

　もう少し先の話ではあるけど、今からドキドキしてしまう。遠足前の気分ってこんな感じなんだろう。いや、それより浮かれてるかもしれない。

「あ、帰りは迎えに行くからね」

「なんで」

　こともなげに言われた父さんの一言に、僕は反射的に反応する。

　さっきまで浮かれていた気分に対して、若干の冷や水を浴びせられたような気持ちだ。

　待って、帰りに迎えに来るってどんなデートだ。さすがにそこは最後まで、帰るまでがデートでしょ。余韻とか大事にしたいんだけど。

だけど、そこは絶対に譲れない部分のようだった。

「恋人同士が誕生日の夜に二人きりって、色々盛り上がっちゃったらどうするの。あなたたちの異常なペース見たら、卒業までに孫の二、三人生まれてるかもって心配なのよ」

母さんから息継ぎなしでものすごい勢いで言われてしまった。父さんも納得したようにうんうんと頷いてる。

そのあまりの迫力に、真剣な表情に、僕は思わず頷いてしまった。

前は孫の顔がとか言ってたくせに……と思ったけどさすがにあれは冗談で、本気で考えたら心配になったってことなのか……。

まぁ、この辺が落としどころか……と、僕も内心で納得するのだった。

今回の誕生日デートについて、もちろん厳一郎さんと睦子さんにも許可をいただくために説明をしたら、思いのほか許可はあっさりと出た。

ただ、僕自身についての心配をされたので……これはきっと心配の方向性が違うだけなんだろうな。

僕の両親は七海のことを心配して、七海の両親は僕のことを心配して。僕から説明があれば、きっとそこで心配な点が一つクリアされたということなんだろう。

ただまぁ、共通してたのは帰りに迎えに来るって点か。夜遅くに万が一があったら……ということなんだろう。

そこは落としどころとして受け入れたけど……。

「もー、別に心配することないのにねぇ」

「まぁ、そこは仕方ないよ」

「……誕生日だし、せっかくなら外でお泊まりとかしたかった」

「七海さん？」

それはどちらかというと、僕のような男子のセリフではないでしょうか。何で僕が止める立場になってるのさ。

まぁ、七海も本気じゃないだろう。きっと僕をからかっているだけだ。だから僕も、ちょっと背伸びをして反撃してみることにした。

「それじゃ……こっそり泊まってみる？」

「ッ……?!」

それだけを言うと……七海は顔を俯かせてしまう。しまった、いつもだったらここで赤面して照れる七海が見られると思ったのにこれは予想外。

さすがに冗談としてもキモかったか。親しき中にも礼儀(れいぎ)あり、ちゃんと言っていいラインは考えないといけないということか。

しばらく俯いていた七海だったけど、顔を上げると非常に真剣な表情で呟(つぶや)く。

「……さすがに、それはやめとこっか」

うん、さすがにさっきの反応は無かったね。七海を真顔にさせてしまった……こんなに真剣な表情をした七海は久しぶりに見た。

それはまるで、歴戦の戦士みたいな真剣なまなざしだ。ここまで真顔にさせてしまうとは……本気で反省しないといけない。

「そうだね、ごめん。変なこと言って」

「ううん、大丈夫。気持ちは嬉しいから。思わず、襲いそうになっただけ」

あれ？　僕危なかったの？　てっきり気持ち悪がられてると思ったんだけど、どうもそういうわけじゃなかったようだ。

最近、七海の肉食化がものすごいような。気のせいだろうか。

これは僕も……襲い掛(か)からないように気を付けないと。たまにヤバいんだよな、色々と、距離(きょり)感とかも先日の一件からより近くなったし。

……実は今もそうだったりする。

七海は今、僕の横でぴったりと腕を絡ませて座っていたりする。七海の部屋で。

ベッドを背にしているからまだ耐えられてるけど、これがベッドの上で座ってたら耐えられていなかった気がする。

前は七海の部屋でももうちょっと離れて座ってたんだけどなぁと思いつつ、七海もやっぱり先日の一件がまだ不安なのだろうと納得してた。

ちなみに部屋着で薄着なので、だいぶ感触とかもヤバかったりする。

「そういえば、誕生日の前日に陽信の家に泊まるのってオーケー出たの？」

「あぁ、それは出たよ。父さんと母さんもいるからいいよって。夕飯、何食べたい？」

「じゃあせっかくだし、私も一緒に志信さんとお料理したいなぁ」

「……誕生日の前日なのに？」

誕生日の前日だからだよと七海は笑う。僕も一緒に手伝った方が良いかな……と思いつつも、我が家の台所に三人はちょっと厳しいかも。

まぁ、手伝うのなら台所の外でもできるからやれることをやろうか。

もう少しで七海の誕生日。

七海が生まれてきてくれた日を一緒にお祝いできるってのが何よりも嬉しい。前日から一緒だし……。そこで僕は、改めて七海に聞いてみた。

「今更だけどさ、睦子さん達は誕生日当日に七海が居ないことは大丈夫なの？」

「大丈夫大丈夫。付き合って初めての誕生日は彼氏と過ごしなさいって言ってくれたし」

大丈夫……との確認は取れてるけど、ついつい何回も確認してしまう。たぶん睦子さん達も七海の誕生日を当日にお祝いしたいだろうから、申し訳なくなる。

ただ、今回は……今回だけは僕のわがままを通させてもらう。

「誕生日……あんまりサプライズ的なのはないけど、楽しんでくれると嬉しいな」

「一緒にいられるだけで嬉しいから、だいじょーぶー」

そして七海は、さらに僕にギュッと抱き着いてくる。そう思ってくれているのは本当に嬉しい。

誕生日のデートプランはすでにお互いに話してる。プレゼントも買った。知らないっていう意味でのサプライズはないけど……楽しんでもらえるといいな。

サプライズが好きって人もいれば苦手って人もいるから、こうしてお互いに話し合うのはとても重要だ。きちんと話し合わないと。

「あ、でもそうだ……一個だけさ、誕生日お願いしたいことあるんだけど……いいかな？」

「お願いしたいこと？」

七海は僕から離れると、人差し指を立てながら覗き込むようにして小首を傾げる。たぶん分かっててこのあざといポーズをやってる気がする。

そんなポーズでお願いをされたら、何でも言うことを聞いてしまいそうだ。お願いが一つってのも聞くハードルが下がっているし。

七海はきっと、僕が了承するまで何をお願いしたいのか具体的なことを言わないだろう。了承したら言質を取ったと具体的なお願い事を言う。

だから僕にできることは、罠だと分かってても了承の言葉を口にするだけだ。

まぁ、七海ならきっと無茶苦茶なことは言わないだろう……という算段があってのことだったんだけど。だけど……。

「いいよ、お願いってなに？」

「誕生日は一日……お姉ちゃんって呼んでね？」

「は？」

だいぶ無茶苦茶なことを言われてしまい、僕の思考は停止した。

誕生日のカウントダウンをするなんて、僕は人生で一回もやったことがない。

たまに、誕生日カウントダウンとか動画配信者さんがやってたりするけど、それもあんまり見たことはなかったりする。

大晦日のカウントダウンだって僕はやったことがなかったりするんだから、誕生日なんて言わずもがなだろう。

そんな僕が誕生日のカウントダウンをするとは思いもよらなかった。

「もう少しだねぇ」

「なんか、ドキドキする……」

僕の部屋に七海がいる……というのは割といつものことなんだけど、こんな時間まで七海がいることはなかったから、このドキドキはいつものとはまた別のドキドキだ。

時間は夜の十一時……七海の誕生日まであと一時間というところだ。

七海は可愛いパジャマを着て、僕のベッドに寝っ転がっている。僕はと言えば布団を敷いてそっちに寝っ転がっている。

可愛い……。それと、七海が僕のベッドに寝ているのことに対する違和感がすごい。なんだろう、僕のベッドかこれ？　七海のベッドだろもうこれ。

明日から僕は自分のベッドに寝られるのかという不安を抱きつつ、僕は内心で七海のこと拝んでいた。

「ご馳走様です」

「いきなりどしたの?」

ベッドの上でコロンと転がりながら、七海は笑う。思わず出てしまった僕の言葉は、現状に対するものと、夕飯に対するものの半々……いや、現状に対してがほとんどか。

「いや、夕飯美味しかったよってお礼」

「それ、夕飯の時にもきいたよー。私も久しぶりに志信さんとお料理できたの楽しかったよ。陽信もお手伝いしてくれたし」

　よかった、なんとか誤魔化せたか。そう思ったら、七海が布団の方に来た。

「一緒に寝ないの?」

「無理です」

　良い匂いがする。うちのシャンプーとか使ってるはずなのに、僕とは全然違う匂いな気がする。なにこれ、香水とか使ってるの?

　七海はそのまま、僕の方へと顔を近づけてクンクンと小さく、小刻みに匂いを確認する。髪の毛とか、首筋とか……顔が近づいているから、吐息がかかってしまいちょっとくすぐったい。変にムズムズする。

今日は……いつもより念入りに身体を洗ったけど大丈夫だろうか。普段よりお風呂の時間自体が長かったたし、たぶん大丈夫だと思うけど緊張してしまう。

「やっぱり、おんなじ匂いになってるねぇ。旅行の時とはまた違った匂いだぁ」

蕩けた様な表情を浮かべた七海が、今度は自分にもしろと言わんばかりに両手を上げておいでおいでと僕に手招きする。

え、僕も匂い……やるの？

自分を指さして首を傾げると、七海はゆっくりと深く頷く。そして再び、僕を手招きした。そんなこと……していいんだろうか……。

ためらいつつも、僕は七海の匂いを嗅ぐ。周囲から見たら何してるんだって行為かもしれないけど、ふらふらと、ゆらゆらとしながら七海の香りを自分の中に招き入れた。

匂いというのは、とても重要だ。相性が良い人同士はお互いの匂いが良い匂いに感じられて、そうじゃない場合は不快に感じるという。

ただ、近親者の匂いを不快に感じるのはまた違うってのも見たことがある。思春期に喧嘩したりするのはそういうのもあるんだとか。

同族嫌悪と似たようなものなんだろうか。詳しく調べてないからよく知らないけど、覚えておけばいいのは近親者以外で良い匂いに感じられれば相性が良いということだろう。

つらつらと講釈をたれたけど、結論を言うと僕は七海の匂いを良い匂いに感じている。

だから少なくとも……僕と七海の相性はいいってことなんだろう。

僕の中に七海の香りを招き入れて、まるで咀嚼するようにその香りを堪能する。嗅覚と味覚は密接な関係にあるってことだけど、まるで七海を味わってるようだ。

……我ながらキモいかもしれない。間違っても声には出せないな。

七海の匂いは、確かにいつものうちのシャンプーとかでおんなじ匂いも感じられるけど……それ以上に良い匂いに感じられた。

これは七海自身の香りなんだろうか。それとも、僕がそう感じているだけなのか。分からないけど、とても……とても幸せな気分になる。

「……ごー……いや、うん。とても良い匂いです」

「ご？　ご？」

しまった、今日の僕はちょっとタガが外れすぎて気持ち悪さがとんでもないことになってる気がする。思わず、ご馳走様でしたとか言いそうだった。

やばいなぁ、色々あった反動か？　何かをするたびに七海に対しての今まで言ってこなかった言葉が溢れ出てしまう。

とりあえず、誤魔化せたかなと思ったんだけど……七海は唐突に僕に抱き着いて耳元で囁（ささや）いてくる。

「お粗末様（そまつさま）でしたぁ……」

フフッという揶揄（からか）うような笑いとともに、七海の言葉が僕の中に入ってくる。誤魔化せなかったかぁ……と僕は真っ赤になってしまった。

今日はペースが狂（くる）いっぱなしだ。少し落ち着かないとペースが持たない。息切れをしてしまいそうになる。

だってまだ誕生日前だよ。前日でこれだよ。

フルスロットル過ぎる。まぁ、明日は僕もバイトを休みにしたから久しぶりの一日中一緒だ。だから僕も楽しみにはしていたけどさ。それでも、予想外だ。

ちなみに、今日は七海とは夜に合流した。

昼は家族に誕生日を祝ってもらったとか。確かに、僕が七海を独（ひと）り占（じ）めしちゃうから夕イミング的にはそこになるよね。

僕はバイトだ……ようやくバイトも慣れてきた。これは僕が働き始めて間もないからなのかもしれないけど、一日休みをもらうとなんか申し訳ない気持ちになる。

……いや、そういう気持ちは置いておいて楽しもう。

「そろそろだねぇ」

七海のその言葉に我に返る。そうか、そろそろなのか。

布団の上で並んで、スマホの時計を表示する。秒針が表示されているタイプのものだ。

残す数十秒……その針が、一つ一つ確実に日付を越えようと動いている。わくわくしながら、ドキドキしながら、僕等はそれを見守る。

残り十秒となったところで……二人でカウントダウンをする。

6……5……4……そこで僕等は顔を見合わせる、そして……0‼

「お誕生日、おめでとー！」

「ありがとー、ありがとー！」

少し僕らしくもないかもしれないけど、大きめの声で七海にお祝いの言葉を送る。七海はありがとうと言いながら、僕に抱き着いてきた。

その少し後のタイミングで、僕の部屋の扉がノックされる。ノックされただけで……何も言ってこない。疑問に思って僕が部屋の外に出ると、冷えた瓶の飲み物が置かれてた。

お酒？　と思ったんだけど、瓶に入った炭酸飲料だ。もしかして母さんが気を利かせて置いてくれたんだろうか。

あ、書き置きがある。えっと……夜遅いし乾杯だけね、か。

「どしたの？」

「これ、置かれてた」

それだけ言うと、僕は七海に瓶を一つ渡す。なんで瓶なんだろうか……と思ったけど、その辺はまた今度母さんたちに聞いてみるか。

栓を開けると、プシュッという音が部屋に響く。

「乾杯。お誕生日おめでとう」

「ありがと。乾杯」

瓶を軽くぶつけて、僕等は乾杯する。本番は明日……いや、日付的にはもう今日か。今日、僕等は初めての誕生日デートをする。

ドキドキして、眠れるだろうか。七海も一緒にいて……寝れるのか？　寝るのか？

いやまぁ、親がいるからなんもできないか。

「改めて、お誕生日おめでとう。七海」

何回も、何回でもおめでとうって言いたくなる。生まれてきてくれてありがとうって、その気持ちを込めて言いたくなる。

七海もありがとうって微笑んで……そして……その表情がハッとする。

何かを思い出したかのようにハッとして、そして……七海はわざとらしく眉をひそめた。

「違うでしょー？　ちーがーうーでーしょー？」

え？　え？　なに？

いきなり違うでしょとか言われて、僕はほんの少しだけ困惑してしまう。急にどうしたんだろうか、祝い方が気に入らなかったとか？

そう思っていたら、そうじゃなかった。いや、ある意味では祝い方が気に入らないってのは正解だったんだけど……。

「お姉ちゃん。でしょ？」

……あれ、本気だったんだ。

いや、それでも言うとしたら明日になってから……朝になってからとかだと思ってたんだけど。マジでそれ言うの？

あー、なんか妙にキラキラした目で見てきてる。すっごく期待されてる。言った方が良いんだろうか。良いんだろうなぁこれ……。

なんだろう、すっごく恥ずかしくなってきた。

でもほら、今日は七海は誕生日、誕生日なんだ。だからこれも誕生日プレゼントだと思って、がんばれ僕。

「……お誕生日おめでとう、お……お姉ちゃん？」

言った瞬間、とんでもない衝撃が僕に襲い掛かる。具体的に言うとタックルする勢いで七海が飛び込んできた。

あまりにも突然で、僕はそのまま七海に押し倒された。

「お姉ちゃんですよー。さぁ、お姉ちゃんに甘えていいんですよー？」

そんなことを言って、七海は僕の頭をよしよしと撫でてくる。これは完全に弟扱いというか、子ども扱い？　え、ここまで喜ばれるの？

「さぁ、誕生日を迎えてお姉ちゃんになった私と一緒に寝ましょうねぇ」

「待って、落ち着いて七海」

そのまま七海が布団を掛けようとしだしたので、僕は七海を止めるべく制止する。それでも七海は止まらない。止まらないんだ。

とりあえず寝る前なので大きく騒いではいないけど、とにかく僕は弟として愛でられてしまっている。これは……満足するまで止まらないのか？

僕はそのまましばらく……一線越えようとするなら止めると決意しつつ、七海にされるがままになることにした。

……この後、ひとしきりやりたいことやって満足したのか、我に返った七海に布団の上でものすごい謝罪をされたりする。

だけど……協議の結果お姉ちゃん呼びは継続となることになった。

一緒には寝なかった。

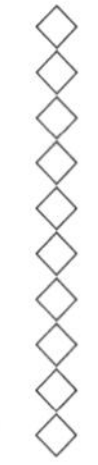

昔どこかで聞いたことがある言葉に、子供は早く大人になりたがり、大人は子供に戻りたがるというのがある。

僕としてはまだピンとこない言葉だけど、バイトするようになって仕事を毎日している大人は大変なんだなってのが徐々に分かってきた気がしている。

それでも、僕は大人になりたいと思う。

年齢的にも、精神的にも、経済的にも。昔はそんなことを全く思ってなかったけど、早く大人になって……大人じゃないとできないことをしたいなと思うようになってきた。

それはやっぱり、彼女の存在というのが大きいだろう。彼女ができたとたんに調子に乗りやがってと思われるかもしれないけど、そう思ってしまったのだから仕方ない。

これを成長と見るのか、女性に溺れて堕落したと見るかは……人それぞれだろう。

僕としては成長していると思いたいところだ。

そんなことを考えるきっかけは、やっぱり七海の誕生日が大きいと思う。

七海が、今日で十七歳になった。

茨戸七海、十七歳。七海さん十七歳とか表現すると、一気にネット上にあるネタっぽくなるな。ともあれ、七海は一つ僕よりお姉さんになったわけだ。

まぁ、女性にとって基本的に年齢ネタはタブーだ。だから僕からはあまり言うことはない。

だけど今日は特に、年齢差を感じてしまう。それは七海が誕生日を迎えたからだけじゃなくて……。

「……お、お姉ちゃん？　さすがに外でその呼び方は勘弁してほしいんだけど」

「えへへ、なんかむず痒いけど嬉しい。でも確かに、お姉ちゃん呼びじゃない方が外では恋人っぽいもんね」

二人の時は今日はたくさん言ってね、なんてねだられてしまった。

ちなみに呼び方については最終的には「お姉ちゃん」に落ち着いた。「姉さん」とか「姉ちゃん」とかも試してみたんだけど、七海的にしっくりくるのが「お姉ちゃん」だとか。

そりゃまぁ、沙八ちゃんがそう呼んでるしね。

そんなに弟が欲しかったんだろうか？　と思って聞いてみたら、やっぱり妹はどこか生意気だから可愛い可愛い弟が欲しかったらしい。

可愛い弟を、めちゃくちゃに甘やかして、溺愛して、甘えまくって欲しかったらしい。

……七海に弟がいたら、性癖歪んじゃいそうだなぁ。

僕としては兄弟が一切いないのでピンとこないけど、七海に可愛がられて甘やかされたらガッツリと依存してしまいそうだ。

「まぁ、今はほぼ二人っきりみたいなものだから、お姉ちゃん呼びしてほしいなぁ」

「……分かったよ、お姉ちゃん」

これだもんなぁ。それを了承しちゃってる僕も僕だけど。

今、僕等はとある美術館に来ている。今日のプランは予め七海にも言ってあるし、喜んでくれているようでよかった。

最初は全部僕が考えて、七海をサプライズでご招待……みたいな形にしようかなぁとか思ってたんだけど、それで七海が楽しめなかったら意味がないよなと悩んだ。

悩んで、バロンさん達にも誕生日デートのプランを彼女と一緒に考えてみようと思うんですけど、どうですかねって相談したら賛同してくれた。

『いいと思うよ。ただ、彼女に丸投げはしないようにね。あくまで一緒に考える……まぁ、この辺は心配ないだろうし今更かな』

それは確かにそうだ。あくまでも僕がプランを考えて、それを七海に聞いてみるってことだ。必死に考えた場所を喜んでもらえたのは嬉しかったなぁ。

「天気よくてよかったよねぇ」

「そうだね、気温もあまり高くなくてよかったよ」

森の中に……自然の中に美術品が展示されていて、その中を二人で歩いている。

雨が降っていたら屋内の展示品を見ようかって話をしてたんだけど、晴れているから外を散策しながらのんびりしていた。

今日の七海の服装は……全体的に大人っぽい感じだ。

ちょっと歩くデートプランなので、靴はスニーカー……っていっていいんだろうか？　僕の知識にあるスニーカーとちょっと違う、オシャレな形をしたスニーカーだ。

服装はパンツスタイルで、上は無地のノースリーブ……。露出は抑えめだけど、どこか大人っぽい色気が感じられる服装だ。

あと嬉しいのが、僕が一ヶ月の記念日に送ったイルカのネックレスを着けてくれている。

手作りだから、それだけちょっと浮いているんだけど……。

それでも、それを着けてくれた心が嬉しい。

「それにしても、美術館でよかったの？　誕生日だし、もっと楽しいところでも……」

「んーん、十分楽しいよ。それにほら、宿題に美術館行けってのあったじゃない。それもついでに片づけられるしさぁ。一石二鳥だよ」

デートと宿題を同時にこなすことを考えるなんて、真面目だなぁ。

感心していたら、七海は滑り込ませるように自身の腕を僕の腕に絡めてくる。今日は割と過ごしやすい気温とはいえ、まだまだ暑い。

だからノースリーブの服を着ているんだろうけど……そのおかげで七海の生腕の感触をじかに感じ取る。

「それにさ、本番は今夜……夜でしょ？　楽しみだよねぇ」

自身の口元をピースサインで挟むようにして、七海は口元を笑みの形にする。今日は妙に色っぽい……と思いつつも、確かに夜が本番だよなと納得する。

今日の目的地は二か所ほどだ。昼間はここの美術館で過ごして、夜は……とある展望台に行く。この展望台には、日が落ちてから行こうと思ってたんだけどそれについて父さんから一つアドバイスをもらった。

それは、日が完全に落ちる前に行った方がいいという話だった。可能であれば日没の一時間前……にはということだ。

なのでちょっと予定を変更。バイト先に行って夕食を取ったら、すぐに展望台まで行こうってことにした。移動時間を考えると、けっこう早めの夕食となる。

そういう意味だと目的地は三か所か。

ちゃんとバイト先には予約を入れているし、店長さんがサービスしてくれるということだったので、楽しみ半分怖さ半分ってところだったりする。

……次に働く時に揶揄われないかなぁ。

よくよく考えたら、僕って周囲にそういういじり方されたことないんだよね。同級生と遊んでないからってのもあるかもしれないけど。

「どしたの？　何か悩んでるならお姉ちゃんに何でも話してみなさいー」

「まーだやるのその姉プレイ」

「とーぜん。今日は一日、お姉ちゃんですから。ていうか、姉プレイって言い方なんかえっちだね」

腕を組んだままの七海が、その立派な胸を思いっきり反らしてドヤ顔をする。うーむ、そんなに姉の立場が楽しいのかなぁ。

その後も、美術館デートは穏やかにゆっくりとした時間が流れる。場所柄もあって人があまり多くないってのもあるかもしれないけど、美術館は基本的に静かにする場所だ。

ある意味で、映画館デートに近いかもしれない。作品を見て、その作品に対しての感想を少し言い合って、そしてまた次の作品を見る。

そうした中で、僕はちらりと七海の胸元に視線を落とした。

いや、いやらしい意味じゃなくてね。

そこには、僕が贈った手作りの不格好なネックレスが下げられている。

さっきはそれについてとても嬉しいと感じていたんだけど、今僕等がこうやって美術品を見ながら談笑していると……なんていうか、少し恥ずかしく感じてしまう。

初心者が必死に作った拙いもので、今ここで展示されている美術品と比較するべきじゃないと思うんだけどどうしても比較してしまうなぁ。

「……ネックレス、着けてきてくれたんだ」

「あ、気づいてくれた？　うん。せっかくの誕生日だから、今日は着けてみたんだ」

「素人の手作りだからちょっと恥ずかしいなぁ。服にも合わないでしょ？」

「そんなことないよ？　可愛いから机に飾ってるし。……もしかして、美術館に来たから

そんなこと考えてる？」

鋭いなぁ……見透かされてしまったことに対して僕は苦笑を返す。それに対して七海は

ほんのちょっとむくれた様な表情を作って、僕の頰を軽く抓る。

全然痛くなくて、ムニムニとつまんだ頰を僕は弄ばれる。

「陽信、ほんと変なとこ考え込むよね。こういう贈り物は、私が喜んでればいいの。素敵なプレゼントだったんだから」

「いやぁ、あの時は色々と必死だったからさ。冷静に考えたらどうだったんだろうってこと考えちゃうよね。こういうところ来たから余計に」

「なんで芸術作品と比べちゃうのさ……」

「いやまぁ、言われるとそうなんだけどね」

七海は呆れてしまったのか、半眼で僕に刺すような視線を送ってきている。その視線に射られながらも、僕は弁明を続ける。

「七海はどんどんキレイになっていってる」

「ふぇッ？」

「その七海を装飾するのが僕の手作りってのが、嬉しい反面なんだか歯がゆかったって感じかな。客観的に……僕の手作りだけが浮いているっていうか……」

そうなんだよねぇ。キレイな人が、キレイな物で着飾るのはその人を装飾品が引き立てるからだろう。

僕が贈ったネックレスは……七海の美しさを引き立てられてるんだろうかとか、そんなことを考えた。ここに飾られてる美術品レベルじゃないと……釣り合わないのでは？

うまく説明できないけど、そんなことをふと考えた。

とまぁ、それを説明したんだけど当の七海はなんか真っ赤になってしまっている。もしかして、僕がキレイになってるとか言ったからか。

だけど、ここで終わらないのが一つお姉さんになった七海だ。彼女は頬を染めたままで僕の方を見ると、そのままで反撃を試みる。

「女の子は恋をするとキレイになるんだよ。私は陽信に恋してるから……キレイになったとしたら、陽信のおかげだね」

ありがと、と言ってまた顔を隠してしまった。だけどその言葉は僕に対しては十分な威力を持っていて……。

僕等はしばらく、無言で美術館を散策する。屋外なので風が吹いて、その風に僕が作ったネックレスが揺れていた。

初めてのものを七海が着けてくれる。それで十分か。

「……次は、もっと良いものを作るね」

「う、うん……楽しみにしてる」

それがいつになるかは分からないけど、でもやりたいことがまた増えて、楽しみが増えたともいえる。

それから僕等は、美術館をぐるりと回った。芸術っていまいち分からないと思ってたけど、こうしてみると割と楽しめるものだ。

七海は楽しめただろうか……と思ってたけど心配は無用だったみたいだ。こういうところ来ると絵とか描いてみたくなるねってそんな話をする。

美術って授業でやった程度だからね。そんなに詳しくないけど、確かにその気持ちは分かる気がする。僕なんかは、次の七海へのプレゼントは手作りしようって思えたし。

「私も、陽信になんか手作りのプレゼントしたいなぁ」

「いつも手作りのお弁当とかしてくれてるじゃない」

「そういうのじゃなくて、形の残るものがいいなぁって……」

別に気にしなくてもいいのにと思いつつ、僕は七海のその気持ちがありがたかったんだけど……七海はじっと僕の方を見ている。

じっとりと、なんだか今までとは違うような視線。熱っぽい……というより、どこか湿っぽいような視線。

過去の七海のどの視線とも違う視線が、僕に注がれていた。

「……陽信ってさぁ、ピアスしないの？」

「ピアス？」

あー、そういえば七海はピアス穴空いてたよな。もしかしたら今時だと、空いてない人の方が珍しいのかな？　僕は開けたことないけど。

七海は僕の耳たぶを軽く撫でる。ちょっとだけゾクッとした気分になったのは、耳たぶを触られたからなのか、それ以外を感じ取ったからなのか……。

「陽信の穴……私に開けさせてほしいなぁ……」

静かに言われたその一言に全身が震えた。怖さで震えたんじゃなくて、どこか暗い情熱と、怪しい妖艶さを含んだその声に……歓喜したみたいに震えた。

七海の手で僕の身体に……それを想像すると恐ろしくも何かを期待してしまう。

慣れてる人なら、たかがピアス穴って思うかもしれないけど……僕にとってはそうじゃない。……僕、そっちの気質もあったんだろうか。

「とりあえず、今は開ける気ないかなぁ……。遠慮するよ」

「えー？　誕生日のおねだりでもダメかぁ……」

ごめんね、断ったのはこの気持ちのまま肯定するとなんか僕が変なことになってしまいそうだったからなんだ。

これ、七海の方もこう……ヤンデレ系とかそういう闇系の素質があるってことなんだろうか。そっち方向に行ったらとてもヤバい気がする。

僕は七海のその提案を断ったけど……どうも諦めていないようにも見えるから今後もその攻防は続きそうだ。まだ僕の耳触ってるし。

お揃いのピアスをしたいって気持ちもあるのかもしれない。僕はその誘惑に抗えるかなぁ。抗う必要はないかもしれないけど。

「ちょっと早いけど……バイト先に行く?」

「あ、いいねぇ。行きたい!」

少し苦しいかなと思いつつも、僕は話を切り替えるために提案をしたら七海は思いのほかのってくれた。今日のところは諦めたってところかもしれない。

さて、問題はここからだな。

ある意味で今日一番の山場……僕のバイト先訪問だ。実際問題、とても緊張している。

ただ、七海も緊張しているみたいだった。

「ど、どうしようかな。ちょっと早いけど失礼にならないかな」

「まぁ、大丈夫だと思うよ。確認したら忙しくなるちょっと前だから、そっちの方がサービスしやすいって連絡来たから」

「そっか、よかった。あ、お土産とか……」

「いや、バイト先にご飯食べに行くだけだし……」

なんか変な緊張の仕方をしていた。その緊張の理由も……たぶん、分かっている。ユウ先輩の件があるからだろう。

実は今日、先輩と七海が初めて対面する。

実はあれから誕生日前にバイト先に来ないいって提案してみたんだけど、七海は心の準備がしたいから……と言って、誕生日に一緒に行くことを選択した。

確かに誕生日前だと僕がバイトしている最中だから、七海と先輩は一対一での対面になってちょっと厳しいよね。

僕はバイト先に彼女と一緒にいく緊張感、七海は先輩と初めて対面する緊張感。それぞれの緊張をもったまま、僕等は目的地に到着した。

「わ、可愛いお店……」

店に到着すると、七海がそんなことを呟いた。お店に可愛いとかそういう概念があったのか……僕は洋食屋さんだなぁって感想しか思い浮かばなかったのに。

普段は裏口からしか入らないそこに、僕は正面から初めて入る。初めて入る店よりも緊張している。

扉を開けると、カランカランというベルの音が響いた。普段は鳴るのを聞く側だけど、今日は鳴らす側……不思議だ。

すぐに「いらっしゃいませ」という言葉と共に、先輩が駆け寄ってくる。今は少し早いからか僕ら以外にお客さんは……一組くらいしかいない。

ちょうど忙しくなる前の時間って感じだ。

「いらっしゃいませ！　お二人様ですか……って、マイちゃんだ！　いらっしゃいませ！」

「来ました。少し早いですけど、店長達にはさっき連絡してまして……」

「うん、聞いてる聞いてるー。彼女さんと一緒なんだよね？　こちらにどうぞー」

「ありがとうございます」

そのまま僕等は席に案内された。先輩はニコニコとした笑顔で、今お冷やとか持ってくるからごゆっくりと言い裏へと下がっていく。

まだ七海を正式に紹介したわけじゃないけど、先輩は七海をチラリと見ると笑顔で手を振っていたので悪印象はなさそうだ。

七海も先輩に頭を下げてたけど、ちょっと目を丸くしてた。そして僕の方へと顔を向けると、首を傾げながら呟いた。

「マイちゃん……？」

「あっ……」

……しまった、その辺の話って何にもしていなかった。七海は僕がマイちゃんと呼ばれたことが不可解であるかのように腕を組んで首を何回も捻っている。

今から説明すると非常に言い訳臭くなるけど、それでも今言わないとなぁ……。

「えっと、先輩からはなぜかそう呼ばれてまして……」

「……マイちゃん……そういう呼び方もあったんだね……それがあったかって、してやられた気分になっちゃったよ」

あれ？　なんか反応が思ってたのと違うかも。なんか悔しそうだぞ。

七海が悔しがっている最中に、先輩がお冷やとおしぼり、メニュー表をもって戻ってくる。とりあえず先輩に七海を紹介しておこうかな。

「お冷や、お待たせしましたぁ」

「ありがとうございます。ユウ先輩、こちら僕の彼女の茨戸七海さんです。七海、こちらバイト先の先輩の勇足ナオさんです」

「勇足ナオです！　よろしく!!」

「あ、茨戸七海です……よろしくおねがいします」

元気いっぱいに握手を求めてきたユウ先輩の手を、七海は握り返す。先輩はぶんぶんと笑顔で七海の手を振っている。ちょっと七海が圧倒されているようだ。

七海のこういう反応って新鮮かもしれない。よくよく考えると、今まで七海の知ってる人を紹介されることはあっても、僕の知ってる人を紹介したことってないもんな。

両親くらいか？　逆に言うと、両親以外はいないからやったことないな。実質ゼロだ。

緊張してるのか、借りてきた猫みたいに七海がなっている。僕としては助け舟を出さなきゃって思ったんだけど、七海がチラッと僕の方を見た。

「……えっと……ユウ先輩って呼び方……名字だったんですね」

「あ、うん。そうなんだよー。名字が勇ましくてあんまり好きじゃないから名前で呼んでほしいんだけどさぁ、彼女以外は名前で呼べないって拒否されちゃって」

……なんだろう、この気恥ずかしさは。

両親から僕の話を七海にされるのとは違う、七海から誰かに僕の話をされるのとも違う。バイト先の人が僕のことを彼女に話している。ただそれだけなのにとても恥ずかしい。

なんだか両頬が妙に熱をもって、変な汗が背中から出てくる。体温がちょっとだけ下がったようにも感じる……。なんで？

「陽信、そんなこと言ってたんですか？」

「そうそう、あーし断られるって思ってなかったからビックリしたよぉ。それにほら、あーしも名前で呼ぼうと思ったら、彼女以外に名前を呼ばれたくないって断られてさぁ」

「いや、そんなこと言ってないですよね。それ盛ってますよね」

なんでそんな嘘を?!　最初から僕のこと名字呼びでしたよね、だから僕も特に抵抗はしてなかったんですけど……。

ユウ先輩は笑いながら、その手を楽しそうに振る。

「あはは、ばれたかー。いやー、愛されエピソードはいくら盛ってもいいでしょ。彼女さんのこと、大事なんだよねぇ？」

「それは……そうですけど……」

ニヤニヤと笑いながら、ユウ先輩は僕に揶揄うような視線を向けてくる。反射的に答えちゃったけど七海を目の前にして少し照れくさい。

七海もどこか嬉しそうで、なんか二対一になってしまった気分になる。ユウ先輩……もしかして狙ってやったんだろうか。

「あ、そうそう七海ちゃん……ナナちゃんって呼んでいい？　ナミちゃんの方がいいかな？　せっかくだし仲良くしたいなーって」

「あ、じゃあ私もナオ先輩？　って……」

「えー？　そこはナオちゃんって呼んでよー。ほら、マイちゃん呼んでくれないし」

七海相手にも先輩はグイグイいっている。圧倒されている七海を見るのはなんだか非常に新鮮だ。いつもとは違う可愛さがある。

七海も年上をちゃん付けで呼んだことはあまりないのか、呼ぶのを躊躇っているが……すぐにおずおずと口を開いた。

「ナオちゃん……？」

「ッ……」

ユウ先輩は七海の言葉を受けて、顔を一度上げて天を仰ぐ。あれ？　どうしたんだろう……とか思ってたら、先輩は僕の方へと真剣な眼差しを向けてきた。

「めちゃかわなんですけど。ＪＫにちゃん付けで呼ばれるとかめっちゃアガる。無理。ナナちゃん、あーしにくれ」

「ダメです」

何言いだすんだこの先輩。ダメに決まってるだろうが。めっちゃ早口で言われて僕は即答する。先輩はさして気にした風もなくダメかーとか言ってるけど。

少しだけ拗ねた様子を見せながら、先輩はそのまま裏へと去っていく。まだお客さんはほとんどいないからか、僕等の方をかまう余裕があるみたいだ。

七海はというと、先輩の後姿を少しあっけにとられた様子で眺めている。かなり珍しい表情だ。そして僕の方を向くと、ふぅとため息を一つ吐いた。

「……すごい人だねぇ」

「グイグイくるよね」

「でも、悪い人じゃなさそう」

両手を合わせながら、七海はちょっとだけ微笑んだ。確かにグイグイは来るけど、ユウ先輩は悪い人じゃない……と思いたい。

だからこそ、あんな変な噂が出るのが不思議だった。

もしかしたら若気の至りでそういう行動をしちゃってて……ってのは可能性としてあるけど、そんな人と翔一先輩が一緒にいるんだろうか。

というか冷静に考えてそんな人がいるバイト先に、翔一先輩が僕を紹介するだろうか？

だから僕個人としては噂を信じていない。

だけど七海の不安感を解消したいってのも事実なので……。忙しくなる前に僕から聞こうかな……と思ってたら、先輩がまたすぐに来た。

料理は事前に頼んでいたのでそれかなと思ったら、それとは違った。

「はいこれ、どーぞー。ウェルカムドリンクってわけじゃないけど、あーしからの奢りね‼　さぁ、飲んで飲んで‼　あーしの目の前で飲んで‼」

あ、ありがとうございます……とお礼を言おうとして、僕も七海も固まった。

先輩が置いたのは少し大きめのグラスが一つ……そこにパチパチと炭酸が弾ける透明な

飲み物が注がれている。

透明なグラスの中には……たっぷりのフルーツが入ってる。レモンに、キウイ……いちごとか、甘酸(あまず)っぱそうなフルーツが多い。

問題は、先輩が持ってきたグラスが一つってことだ。いや、グラスが一つなこと自体が問題じゃなくて、真の問題はそのストローだ。

一つのグラスに……ストローが一本……。

そのストローは……飲む部分で二股(ふたまた)に分かれていた。それぞれの飲み口が僕と七海に向いていて、なんか真ん中にハート形の部分まで存在している。

……こういうストローって実在したの？

いや、なんでそもそも洋食屋にあるのこういうの、ツッコミたいんだけど。先輩は先輩でさぁ飲んでと言わんばかりに目をキラキラと輝(かがや)かせている。

「……あえて聞きます。これは？」

「この店でもなかなか頼まれない、秘蔵のカップルドリンクでございますお客様」

さっきまでの言葉づかいではなく、店員らしく慇懃(いんぎん)に最上級のお辞儀(じぎ)をしながら先輩は答えてくる。マジでこれ……これ本気なの？

七海をチラッと見ると……なんか「わぁ……」って感じの反応を示している。しかも嫌(いや)

な奴じゃなくて嬉しい方の「わぁ」だこれ。

重ねて言うけど、こういうのほんとにあるんだ。割と展開としてはベタベタというか、逆に最近は見ない展開かもしれない。

「……ありがとうございます」

「どういたしまして☆」

どや顔でポーズ決められた、腹立つ。くっそう、お礼は言ったものの、これをお店でやるのか。バイト先だよここ？　バイト先でやることなのこれ？

ただ、出されたものを拒否する選択肢は申し訳ないからなしだ。この時点で拒否権はないし……。これが普通のお店だったら興味あるのは否定しないんだけど。

「じゃ、じゃあ飲んでみよっか」

「う、うん!!」

言葉に詰まりながら、僕も七海も目の前のドリンクを前にファイティングポーズみたいに拳を握る。逆にやるなら今だ、お客さん少ないし注目度も少ない。だから今だ。

「あ、せっかくだし写真撮ろっかぁ」

動こうとした気持ちが折れそうになる一言が先輩からぶち込まれる。そんな姿を記録するのか？　記録してどうするんだ？　笑うのか？

僕が拒否をする前に、七海が食い気味でお願いしますと自身のスマホを渡していたのでもう止めるのは不可能だ。

仕切り直しは不可能。とりあえず、僕は一度でも止まるともう動けそうになかったので、勢いでそのままストローに口を付ける。

次いで、七海が反対側のストローに口を付けた。

あれ、そういえばこういうストローってお互いの呼吸を合わせないと吸えないんじゃなかったっけ？　片方に空気が抜けるからとか……。

七海もそれを思ったのか、僕に目で合図をしてくる。ちらりと見てからストローに視線を落とし、手をパーの形にしてくる。

これは五秒後に吸うってことでいいんだろうか？　いいんだよね？

僕も手をパーの形にすると、七海は小さく頷いたので気持ちは通じた様だ。なんか一気に共同作業みたいになってきたぞ。

僕も頷いて、その時に備える。お互いに、指を一本ずつ折っていって……最後の一本が折れたタイミングで吸うんだ。

そして、カウントダウンが始まったタイミングで……。

「あー、それ二本のストローで作られてるからそれぞれで吸っちゃって平気だよ？」

二人ともずっこけそうになる。あ、ほんとだ……試しに吸ってみたら普通に吸えるや。

七海の方もそうだったのか、思わず口からストローを離して笑ってしまった。

先輩、そういうことは早く言ってください……。

ぼくらのジト目を感じたのか、先輩は慌てたように言い訳を始めた。

「いやだってほら、すごく真剣な顔してたから邪魔しちゃだめかなーって」

全くもう……この先輩は……。というか仕事しなくていいんだろうか。そろそろ怒られないか？　まだ大丈夫なら……聞くなら今しかないか。

「先輩、ちょっとだけ聞きたいんですけど……失礼だったら怒ってください」

「ん？　なにー？　なんでも答えるよー？」

「その……先日、先輩に対するとある噂を耳にしまして」

先輩は僕の言葉をなんてことない世間話のように聞いていた。あくまでも噂として聞いただけで、聞いた相手からも確かではないと言われたとも付け加えて。

ひと通り聞いた後に、先輩はちょっとだけバツが悪そうに天を仰ぐ。

「あー……その噂かぁ～……。マイちゃんたちの耳にも入るとか、世間狭いなぁ。まぁそれ、じごーじとくって言われちゃう部分もあるかなー……」

「え、じゃあまさか……」

「あ、してないしてない。そういうのは一切してないよ。だけどほら、あーしの距離感ってバグってるらしいじゃん？」

僕はその言葉に何度も頷いた。いやほんと、そう思う。距離感はかなりバグってると思う。本人に自覚はなさそうだけど。

「自分ではそのつもりないんだけどさー。ふつーに友達として接してたけど、彼女と別れてきたからつきあってーとかいきなり言われたりとかけっこーあって……」

「へ？」

七海が呆けたようにつぶやく。僕としてはなんとなく納得いく部分もあった。確かに先輩の距離感はとんでもなく近い。バグってると言っていい。

あまり主語が大きいことは言いたくないが……男ってのはそういうふうに優しくされたら自分のことをもしかして好きなのではと勘違いしやすい生き物だ。

特に、先輩みたいな美人にそんなことやられたら……たぶん勘違いする人はするんじゃないだろうか。ただ、彼女持ちまで落としてしまうのが先輩の魔性なところか。

「それが……噂になったと？」

「だと思うんだよねー。あーし、彼氏いない歴がイコール年齢だしさぁ、こう見えてエッチなこともしたことないんだよ？」

「原因そういうとこだと思います」

うん、絶対そうだ。後半の情報いらなかったよね。あけすけすぎて、さっぱりしてる。

だからこそ……勘違い男が続出したんだろう。

七海はというと……安心したと同時に、何かを感じ入っているようだった。

「だからさぁ、ナナちゃん安心してー。マイちゃんには全くこれっぽっちも恋愛(れんあい)感情ないから！　マイちゃんも誤解させたならごめんなさい！　君とは付き合えません!!」

「え？　いきなり僕フラれた？　僕もユウ先輩に恋愛感情ないのに？」

「それはそれでムカつくなー。でもまぁ、マイちゃんならそう言うとは思ってた」

カラカラと、先輩は笑っていた。七海も安心したのか、どこかホッとしたように息を吐いて、それから先輩へと向き直る。

「ごめんなさい、私……噂を鵜呑(うの)みにしちゃってました」

「いやいや、あーしのせいだから。気をつけてるけど、染(し)みついちゃってるからどーにも線引きが分かんなくてさぁ。誤解させないように男の子は名前呼び止めたんだけどー」

いや、たぶんポイントはそこじゃないと思うんだけど。行動の方だと思うんだけど……まぁ、なかなか直せないよねその辺は。

長い間に染みついた行動ってのは、拭(ぬぐ)うのは難しい……僕もよく分かる。それができてればもうちょっと普通の生活ができてたと思うし。

「ナオー、さぼんなー。そろそろ料理上がるぞー」

「おっと、話し込んじゃってたか。んじゃ、お二人さんごゆっくりー」

店長からの声を聞いて、ユウ先輩は手を振って去っていく。後に残ったのは……持ってきてくれたサービスのドリンクだけだ。

とりあえず、僕等はまたそれに口を付ける。やけに顔が近いので、飲むたびにドキドキするけど……それもまた醍醐味だ。

七海は安心したのか、さっきからニコニコと上機嫌だ。僕としても、先輩やバイト先の誤解が解けたのはいいことだった。

だけど僕は思い出すべきだった。ホッとした時こそ……油断した時こそ……気を付けないといけないってことを。

「ナオちゃん、年上だけど可愛い人だね。噂も誤解でよかったよ……」

「僕としても、七海が安心してくれてよかったよ。これで安心して誕生日を楽しめるね」

「うん!!　でも、そんなにナオちゃんって距離感近いの？」

「そうだね、かなり近かったよ。僕も初日であーんとかされかけちゃったしねぇ……」

「は？」

一瞬で、空気が重くなった。油断した、完全に油断した。あーんをされたわけじゃなくてされかかったってだけなんだけど、それでも余計なことは言うべきじゃなかった。

七海の口から、信じられないくらい低い声が聞こえた。

汗が一気にぶわっと吹き出す。いや、されてない。されてないんです。だからその目をやめてください。おっかないです。

これが……これが恐怖？

そんな心の無いロボットみたいな感想を抱いている僕に、七海はにっこりと微笑んだ。許された……かと思ったらそうじゃなかった。

「そんなことをされかけてただなんて、お姉ちゃんは悲しいなぁ。これは私も……あーんしてあげるべきだよねぇ？」

……あ、やば。ここでも「お姉ちゃん」が出ちゃうの。バイト先だから勘弁してほしかったけど、これは呼ばないと許されない雰囲気だ。

「……バイト先なんですけど」

「私からのあーんは、いや？」

聞き方がズルい。そんな聞き方されたら嫌とは言えません……。たぶんだけど、七海は見せつけたいとも思ってるんだろうなぁ……。

観念した僕は、覚悟を決めることにした。

それから七海に「バイト先でお姉ちゃんと呼ぶ」ことと「バイト先であーんして食べさせあう」という行動を求められてしまうのだった。

……これ、次のバイトで絶対に揶揄われるよなぁ。

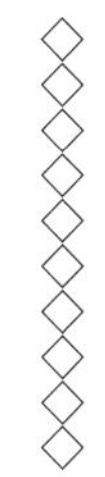

「ありがとうございましたー、二人ともまた来てねー♡」

ユウ先輩に見送られて、僕等はお店を後にした。お店も混んできたのにわざわざ申し訳ないな。

あれから僕等は食事をして……僕の彼女を見たいと店長たちが来たので七海をみんなに紹介した。七海に喜んでもらえたのはよかったと思う。

ただ、お姉ちゃん呼びはしっかりとバレた。今日だけだとは弁明したけど、みんなにニヤニヤされた。

次のバイト……行きたくないなぁ……。そんな気分になってしまった。

「良いお店だったねぇ。次は、陽信がバイト中に来てみよっかな」

「ちょっと恥ずかしいなぁ……」

「陽信の制服姿、見てみたいし。ダメ？」

ダメじゃないです。

支給されたお店の制服にエプロンを着けてるだけなので、そんなに目新しさはないけれども……興味を持ってくれたのなら少し嬉しいかな。恥ずかしいけど。

お店を出て、手を繋ぎながら僕等は最後の目的地へと向かう。

最後の目的地……今日のメインともいえる、夜景を見に展望台へと向かう。まだ日は落ちていないので、アドバイスをもらったとおりに日没を見られそうだ。

予定通りだし、夜景を見るって目的は達成できそうだしと、とても順調に進んでいる。波乱は一切ない。とても穏やかで楽しいデートだ。

だというのに僕等は、手を繋いで歩きながらもどこか緊張していた。

その理由は、お店で食事をしていた時までさかのぼる。店長たちに七海を紹介して、今日はこれからどうするのって聞かれて、僕等は素直に展望台に行くと伝えた。

そしたら、店長たちの目が輝きだす。

どういうことかと思ったら、僕等が今から向かう展望台は……「恋人の聖地」と呼ばれているらしい。僕はそのことを、全く知らずにデートプランに組み込んでいた。

父さんたちからも、そんな話は聞いてなかった。たぶんだけど、父さんたちの思い出にある頃にはそういう呼ばれ方はしていなかったのかもしれない。

ただの聖地なら……たぶん、僕はそんなに緊張しなかったろう。問題はその聖地と呼ばれている理由だ。

プロポーズにふさわしい場所……ロマンチックな場所……。

そこを聖地と呼んでいるらしい。

それを知ってから、妙に緊張してしまっている。たぶん、七海もそれは同じなんだろう。

普段通りにしているんだけど、どこか動きがギクシャクしている。

まさかここにきて、ギクシャクするのが復活してしまうとは予想外だ。

「た、楽しみだね夜景。晴れてるし、きっとキレイだよね」

「う、うん。楽しみだね。なんか日没の時間もキレイだって話だよ」

「そうなんだ、じゃあちょっと急ごうか」

「まだ時間あるけど……そうだね、少し急ごうか」

別にまだ急ぐ時間ではないんだけど、気持ちが逸っているのか早く現地に行きたいという思いが強くなってきている。

それは僕も……一緒だったりする。

いや、緊張はしてるけどね。それでも、早く行きたい……落ち着かないのだ。別にそこで何をするわけじゃない。わけじゃないけど……。

……した方がいいだろうか？

そういうのってもっとこう、じっくり考えないといけないんじゃないだろうか。そんな急にして大丈夫なんだろうか。

いや落ち着け僕、あくまで僕等は夜景を見に行くのであって、プロポーズをしに行くわけじゃないんだ。そもそもまだ結婚できない年齢だ。

似たようなことは前に言っちゃった気がするけど、それはあくまでも似たようなことだ。本当にプロポーズをしようとしてするのとは雲泥の差がある。

うん、やっぱり今日は普通に夜景を見るだけで……。

「七海はさぁ……どんなプロポーズをされたい？」

そう考えていたはずの僕の口が、勝手にそんな言葉を七海に投げかける。それまでしていた会話の内容が全部ぶっ飛んで、七海が息を飲むのが伝わってきた。

そうだよね、僕も……そんなこと言われたらビックリしちゃうよ。言ってて僕もビックリしたし。なんで今言った僕。

「そ、そうだねぇ……」

無意識だろうか、七海は繋いだ手に力を込める。彼女の細い指が僕の腕に食い込むんじゃないだろうか。七海、握力こんなに強かったっけ。

しばらく考え込むようにした七海だけど、それから……ちょっとだけ首を傾げた。

「プロポーズかぁ……」

七海は感情を込めてその一言を呟いた。というか、高校生の段階でそんなこと言われても困っちゃうよね。僕も言ってて何言ってるんだって思ったし。

それから七海は、どこか優しい微笑みを浮かべる。

「逆に陽信は、どんなプロポーズをしようと思うの……？」

……え？

まさか質問を返されるとは思ってなかったので、僕の思考は一瞬停止してしまう。プロポーズ、プロポーズ……僕がするなら？

当たり前だけど、そんなことを考えたことなんてなかったから……この質問は非常に答えに詰まってしまう。どう答えればいいのか。

そもそも、プロポーズって結婚しようって言葉だけでいいのか？　どういうプロポーズか……高級なレストランに行って指輪を買って、それを贈って……ってやつ？

僕がまだ高校生だからか、いまいちピンとこない。あまりにも背伸びしすぎなのか、それをしている自分が全く想像できないからだ。

「……日常の中で、ふとした時に言いたいかも」

僕の中から、そんな言葉が自然と出てきた。

「日常の中で？」

「うん。例えば……例えばだよ。一緒に美味しいものを食べて、二人で一緒にテレビとか見て、幸せだなって思った瞬間に……何気ない感じで結婚しようかって」

そういうのが、今の僕に想像できるプロポーズかもしれない。飾らない状態で、ただそのままで結婚しようかって言うのが……しっくりくる。

「女の子はもっとキラキラしたほうがいいのかなって思うんだけど、僕が想像できるプロポーズってそんなところかなぁ……」

つまらなくて申し訳ないって付け加えたら、七海はどこか嬉しそうに笑ってた。

でもどうなんだろう。これってあくまでも僕の……男子の目線でのプロポーズだ。絶対にこれ、女子目線の素敵なプロポーズとかけ離れてるよなぁ。

真剣に考えたことがないから仕方ないけど。高校生でそんなこと考えるやつってどれくらいいるんだろうか。

「じゃあ、私がされたいプロポーズはそれで」

「へ？」

僕が悩んでいたら、七海はあっさりとそんなことを言い出した。

いいの？　だって僕のって、あんまり特別感ないよ？　その気持ちが表情に出ていたのか、七海は僕の鼻先をチョンと突っついてきた。

反射的に僕は目を瞬かせる。それを見て七海は、さらに優しく、嬉しそうに微笑んだ。

「私がされたいのは『陽信からのプロポーズ』であって『見知らぬ誰かのプロポーズ』じゃないからね。だから、してくれたら何でも嬉しいと思うよ」

私もいまいちピンと来てないから、将来は違うかもしれないけどねと彼女は笑って付け加えた。確かに、僕もピンと来てないからね。

これから先、大学生になって、大人になって、真剣にそういうのを考えるようになったら今の考えから変わるかもしれない。いや、きっと変わるだろう。

だけど、それで今のここでした会話が否定されるわけじゃない。

大事なのはきっと、今の気持ちを忘れないことだ。

「将来……楽しみにしてるね」

「うん、楽しみにしてて」

隣に歩く七海の微笑みを曇らせないように、僕は未来に思いを馳せた。

◇◇◇◇◇◇◇◇◇◇◇◇

……とまぁ、プロポーズでそんなカッコいいことを考えた僕なわけだけど。

「怖い怖い怖い、ナニコレ怖い、え、揺れてない？　揺れてるよね？　落ちない？　大丈夫だよねこれ？　オッケー落ち着こう、一回落ち着こうじゃないか」

「陽信……めっちゃ早口……」

めちゃくちゃカッコ悪い姿を七海にさらけ出していた。

今の僕等は、展望台へと向かうロープウェイに乗っている。展望台へ行くにはいろいろな手段があるけど、僕等はロープウェイを選択した。

車で途中まで行くとか、登山をするとかもあるみたいだけど……さすがにデートで登山は無理なので、ロープウェイで安全に行くことにした。

したんだけど、これは予想外だった。

「ほら、陽信～。怖いならお姉ちゃんが手を握っててあげますからねぇ。ほら、ぎゅーってしてあげるから」

「お、お姉ちゃん……お願い……」

僕、めちゃくちゃカッコ悪い。

まさかロープウェイがここまで怖いとは……。というか、僕自身も知らなかった。僕って高いところダメだったんだ。

最初はドキドキしながら七海と一緒にロープウェイに乗って、意外と大きいのとその高さにビックリした。

そのドキドキが、恐怖のドキドキに代わるのにそう時間はかからなかった。たぶん、最初から恐怖のドキドキだったような気もする。

最初は気のせいかと思っていたけど、ロープウェイが進むにつれて足が震えた。窓から見える景色がその高さを増していくにつれて、まるで足が宙に投げ出されたような気にさえなっていく。

ロープウェイが小さく揺れた時はもう駄目だった。思わず七海に抱き着きそうになる。ぶっちゃけ、涙目にはなっていたと思う。

全身から変な汗が吹き出し、ふわふわと足元が揺れているような感覚になり、全身がそわそわと落ち着かなくなる。

そのすべてが、怖いという一言に集約される。

僕がこの状態になるまで、たぶん一分かからなかったと思う。体感時間では一時間くらいだった気がするけど。とにかく人生で長い一分だった。

確か目的地に到着するまで五分……あと四分、この地獄の時間が続くことになる。正直、カッコつけられるならカッコつけたかったけど無理だ。

とにかく今は、七海をお姉ちゃんとして頼りたい。七海の誕生日だけど背に腹は代えられない。マジで怖い。ワープ機能が欲しい。

だめだ、恐怖で考えることも支離滅裂になってる。

そもそもこれ、本当に五分で終わるんだろうか。実は五分じゃなく五十分とか……。

うわ、どんどん地面が遠く……森が遠くなっていく。結構いい景色だと思うんだけど、怖さの方が勝っている。

これもしかして日が落ちてからの方が怖くなかった……？　今って下手に地面が見えているからこんなに怖いんじゃないだろうか。

「ほら、陽信大丈夫だからねぇ～。お姉ちゃんがついてるぞ～」

「お、お姉ちゃん……!!」

自分が情けなさすぎる反面、七海がとんでもなく頼もしく見える。心なしかイケメンに見えてきた。すっげぇキラキラしてる。

山の中腹当たりだろうか、一番地面が遠くなっているときがヤバかった。ロープウェイは安定して動いているんだけど、風で若干揺れている……気がする。

このまま地面に落ちちゃったりしたら……せめて七海だけは守らないと。

いや、そもそも僕が立っているところの床が抜けて真っ逆さまに落ちるとかないか？　見たところ床は金属製だけど……ネジとか緩んで落ちるとか。

「ほらー、落ち着いてー、落ち着いてー……深呼吸だよー」

七海が僕を安心させるためなのか、近づいて手を握ってくれている。普段歩いてるときにするようなものじゃなく、僕を安心させるために優しく握っている。

なんて心強いんだろうか。それと同時に情けなくなるけど……怖いものは怖い。怖いと認めたうえで、それを受け入れなければ。

「お姉ちゃん……大丈夫……落ち着いてきた」

「そう？　無理しないでいいんだよ？」

大丈夫、だいぶ地面が近くなってきたから……それに比例して僕の心も落ち着いてきた。

たぶん、もうすぐ着くんだろう。

なんて長い五分間だったんだ。人生でここまで長い五分間はなかった気がする。別に痛かったとか不快だったとかそういうものは一切なかったけど。

ただただ恐怖だけの五分間だった……。七海がいなかったらどうなっていたんだろうか。

想像もつかない。普通に発狂してるかも。

別な意味でも思い出ができてしまったなぁ。

徐々に徐々にロープウェイの速度は落ちて、地面が近づいてきている。やっと、やっとこの時間が終わる。

ガタンという音が聞こえてロープウェイが止まると、到着した旨のアナウンスが流れた。よかった、本当によかった……。

七海はずっと手を繋いでくれている。これじゃ恋人同士じゃなくて保護者とその子供だけど、今は……今だけはそれでいい。

安心する。

ダッシュで早く降りたい気持ちを必死にこらえて、他の人が降りていくのを僕はじっと待つ。これ、一人ならダッシュで降りてたかも。

そしてゆっくりと、ゆっくりと僕と七海はロープウェイから降りる。ほんの少しの段差があって、そこに気を付けながら僕の足は地面を踏みしめる。

あぁ……地面最高!!

人間はやっぱり地面に接してこその生き物なんだ。空を飛んだりとかそういう不自然なことはきっとダメなんだ……少なくとも僕はダメだ。

やっと目的地の展望台だ……さぁ、七海と一緒に景色を堪能(たんのう)……。

「陽信、残念なお知らせがあります……」

え？

七海は申し訳なさそうに、ここから展望台にはさらにケーブルカーに乗る必要があることを教えてくれた。

あぁ、そうだ……そうだったね。調べてたのに、恐怖からすっかり忘れてたよ。ここからまだ……移動があるんだ。ケーブルカーは……高さはどんなものなんだろうか。

処刑(しょけい)される前の人の気持ちってのはこんな気持ちなんだろうか？　今や僕にはロープウェイやケーブルカーが処刑台にしか見えなくなってしまっていた。

心なしか……七海がちょっとだけ楽しそうに見えたのは気のせいだと思いたい。

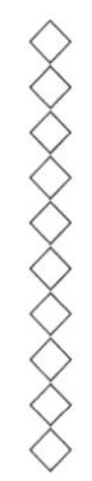

「し……死ぬかと思った……」

「大げさだなぁ……高いところにいるだけじゃ人は死なないから」

「ショック死ってのもあるかもしれない」

「珍しい、キリッとした顔で情けないことを言っている……」

いやほんと、その通りです。

最初は普通にしてたのに、徐々に口数が減って、なんか寒気がしてきて、そして怒涛のマシンガントーク……しかも言ってることが支離滅裂という。

ケーブルカーは地面とほとんど離れていなくて助かった。ほんとに助かった。カーだもんね、車だもんね、そりゃ地面と接してるよ。

少し小高いところにはあるけど、ロープウェイみたいに空中には浮いてない。それだけでも安心感が違う。

大地万歳。

……あ、ダメだ。横から窓の外を見るとちょっと怖い。でもちょっと怖い程度だからまだ見られる。うん、ちょっと怖いけどいい景色だ。

そんなことを考えてたら、隣の七海がちょっとだけ何かを考え込んでいる。なんだろ？

そう思ってたら非常に、非常に優しい微笑みを僕に向けてきた。

……なぜだろう、七海の笑顔なのになんか嫌な予感がする。

「ねぇ、陽信……」

「どしたの、七海。あ、ケーブルカーはさすがに大丈夫だからお姉ちゃん呼びは……」

「今度、観覧車乗らない？」

「お姉ちゃん、許して」

許されるなら何でもします、高いところ以外なら。まさか七海からそんな提案をされるなんて思ってもいなかった。観覧車？　観覧車って……あの？

恋人同士の定番であると同時に、たまに映画とか漫画とか小説とかで爆発テロの標的にもなっているあの観覧車のことかな？

今の僕なら乗って泣く自信があるよ。あんなの乗ったら気絶するかもしれない。万が一故障で止まりましたとかなったら僕の心臓も止まるかもしれない。

お化け屋敷で彼女にキャーって抱き着かれるシチュエーションがあるけど、観覧車なら僕がキャーって言って七海に抱き着くよ？

いや、抱き着けるほどに動けるだろうか……。石のように固まるんじゃないか。

だけど七海は乗りたがってるんだよね。うーん……。

「……七海が乗りたいなら、一回だけ頑張る！」

一回だけ、一回だけね。グッと力を込めて、僕は人差し指を立てた。一回だけ、僕の人生において最初で最後の観覧車にするなら……頑張れる。

頑張れる……よな、僕。

自問自答する僕の手の甲に、七海はそっと撫でるように触れる。

「ごめんごめん、取り乱す陽信が可愛くてつい意地悪言っちゃった。無理しなくてもいいからね？」

「……可愛いかなぁ？」

「可愛かったよー。いいもの見られたなぁって」

女の子の可愛いって感覚が分からない……と思ったんだけど、七海が慌てたりする姿を見たら可愛いって確かに僕も思うかも。それと一緒なのかな。

でもま、カッコ悪いって思われなかっただけいいか。好きな人の前で無様な姿を見せて嫌われるよりは、可愛いの方がいい。

「あれ、でもちょっと気になったんだけどさ……」

「ん？　なんか変なところでもあったかな」

「高いところダメなら、展望台とかもダメなんじゃない？」

あっ……確かにどうなんだろ。僕が高いところがダメってのは今日知ったことだから、事前にリサーチとかはできていない。

もしかして、展望台も怖がってまともに見られないとかあるのか？　せっかく七海の誕生日なんだからそれは避けたい。

「大丈夫だよ、お姉ちゃんが付いてるから何にも怖くないよー」

七海はすでに僕をあやすようなお姉ちゃんモードに入ってしまっている。いや、それはそれで楽しいかもしれないけど根本的解決になっていない。

これは最悪、平気な風を装うしかないかな。

そうこうしているうちに、ケーブルカーは山頂……展望台に到着した。止まった時の揺れが、そのまま僕の動揺のように感じてしまう。

そして僕等はそのままケーブルカーを降りて、展望台へと向かう。建物の外に出た僕等を歓迎するように、ふわりと暖かい風が吹いてきた。

その風に撫でられ一度目を閉じ、そして目を開くと……。

「わぁ……」

思わず二人で感嘆の声を漏らす。

僕等の眼前に、青空が広がっていた。

ほとんど雲もなくて、まるで吸い込まれそうなくらいに青い。海の青さもキレイだったけど、これはまた別格だ。

まだ日没前だからだろうか、濃い青から徐々に白くなる自然なグラデーションだ。下の町並みは思ったよりもハッキリ見えている。

それが三百六十度ぐるりと見渡せるんだ。普段は絶対に見られない景色に、僕も七海も顔を見合わせて駆け出した。

空の青さに目を奪われてたけど、中央の部分になんか変な形のオブジェがある。

その近くにも四角い……なんか枠線みたいなものが置かれている。何に使うのかな……と思ったけどまずは景色を堪能したい。

柵のところまで移動すると、余計に空の青さが目に入ってくる。

「うわぁ……すごいすごい。街が一望できる。私達が住んでるのって……どの辺だろ？」

「夜景がキレイって聞いてたけど、日の落ちる前でもすごくキレイだね……」

「って、陽信……ダイジョブなの？　だいぶ高いけど……怖くない？　手繋ぐ？」

さりげなく手を差し出してきた七海に、僕はそこでやっと気が付く。うん、全然怖くないや。これだけ高い場所にいるのに、普通だ。

変に装う必要もなくて、ちょっと拍子抜けだけどこれは一安心だ。

「平気みたい。もしかして、ちゃんと地に足がついてるから平気なのかも」

今見えている景色にも恐怖は感じずにむしろ感動すら覚えている。さっきのロープウェイの時とは大違いだ。

僕は一つの懸念が消えたことに安堵したんだけど……。

「そっかぁ……」

ちょっとだけ七海が残念そうに見える。ひょっとして……手、繋ぎたかったのかな。それとも怖がる僕をあやしたかったとか？

「手は繋ごっか……」

「うん♡」

どちらかは分からないけど、手を繋ぐだけなら問題ない。七海はすごく嬉しそうに僕の手をパッと握る。そしてすぐに指を絡ませながら、にぎにぎとしてくる。

外で大胆だなぁ……って思って周囲を見てみると、ほとんどがカップルだった。しかも、僕等と同年代に見えるカップルもいる。みんなそれぞれ景色を見たりして楽しんでいる。

これなら、多少イチャついても全然問題はないか……。むしろ、そっちの方が自然かもしれない。

もちろん、カップルだけじゃなくて親子連れとか一人で来てる人も多いけど……カップルが断然多く見える。

さすが……聖地といったところか。

僕もちょっとははしゃいだ方がいいかなと思ってたら、唐突に鐘の音が聞こえてきた。音のする方を見ると、一組のカップルがオブジェからの紐を掴んで揺らしている。

あぁ、あれって鐘なのか。よく見ると、上の方に鐘が下がっている。

景色ばっかり見てて気が付かなかったけど、周囲にはほかにも色々とありそうだ。四角いのは……その中に入って写真を撮っている人もいる。フレームなのかな？

「ちょっと周りを見てみようか。なんだったら、鐘鳴らしてみる？」

「いいねぇ、二人の共同作業だー。でも、意外と音おっきいんだね」

それは僕も思った。鐘が鳴ったら周囲にいる人も振り返ってたし、鳴らしたカップルはその音の大きさに少しびっくりしているようだった。

僕等も鳴らすなら、注目されるのを覚悟しないとな。

鐘の方に二人で近づくと、その周囲には……なんか……錠前？　みたいなものが括り付けられている。なんで錠前？

近づいていくと鐘の近くには説明書きが……なになに……。

「へぇ、南京錠に名前を書いて鐘周りの柵にかけていいんだって。別れずにずっと一緒にいられる一種のおまじない……」

「やろう……!!」

おぉ、七海の目が燃えている……。目の中や背後に、メラメラと情熱の炎が見えるようだ。食い気味に僕にやろうと言ってきた七海だけど……周囲を見渡すと……。

「買うのは後にしようか。もうすぐ……日没っぽいよ。すごいよこれ」

「へ？　すごいって何が……うわっ……なにこれ……」

僕等は小走りでまた柵へと近づいていく。目の前には……先ほどの青空とはまた違う光景が広がっていた。

空の青と、夕日のピンクと、少しだけの雲の白。いろんな色が入り混じってまるで風景画のような光を放っている。

徐々に日が落ちてきているから薄暗くなっていくんだけど、だからこそその中にある光がより映えている。街並みも、その色に染まっていくようだ。

チラリと僕は横の七海に視線を送る。

青空と夕日に同時に照らされた彼女の横顔はとても美しくて、なんだか感動で泣きそうになった。この光景が風景画なら、七海の姿は……何の絵だろうか。

宗教画とかに近いかもしれない。美しくて、荘厳で、どこか力強さもあって……思わず崇拝したくなるような存在感。

それを僕は……七海から感じ取っていた。

「ななみー、笑ってー」

「へ？　あ、もー……景色を見ようよ」

「この景色の中の七海を記念に撮っておきたい」

無粋かもしれないけど、僕は強くそう思った。はしゃぐって決めたんだから、これくらいは良いだろう。

ここに来る前に教えてもらったんだけど、今のこの時間をトワイライトタイムっていうらしい。完全に日が落ちる前の二十分程度しかない時間、そんな貴重な時間だ。

そのトワイライトタイムの七海を収めたい。

青と、ピンクが混じった空を背景に、七海は少し照れくさそうにピースサインをする。見惚れていて思わず写真を撮る手を止めてしまったけど、僕はそのまま彼女の姿をスマホの中に収めることにした。

満足する僕に、彼女は仕方ないなぁと言わんばかりに眉尻を下げて笑っていた。僕もつられて笑ったけど、七海は次の瞬間に素早く僕にくっついてきた。

「せっかくだし、二人でも撮ろう」

顔をぴったりくっつけて、スマホを自撮り状態にして……七海はそのまま写真を撮る。写真でちょっと不穏な感じになった僕等だけど、今はこうして……幸せな写真を撮れることをとても幸福に思う。

徐々に周囲は暗くなってきている。まだまだ光はあるけど、その光が徐々に小さくなっていった。小さくなっていくにつれて光の色も変化していく。

さっきまではどこかピンク色のような印象を受けてたのに、今は眩(まぶ)しいくらいのオレンジ色だ。太陽が沈(しず)んでいるんだから当たり前かもしれないけど……。

なんか昼間の時よりもキレイに見えるかもしれない。薄暗い中で、そこだけが煌々(こうこう)と光を放っていて焼けてしまいそうだ。

実際、直接見たら危ないって言うからなぁ……。

「サングラスとかしたら、ちゃんと見れるのかな」

「え？　陽信眼鏡するの？　……誕生日にプレゼントしよっか？」

「いやいや、なんとなく思っただけだからお気遣(きづか)いなく」

「私が眼鏡の陽信を見たいだけなのもあるの」

二人で並んで沈んでいく日を見守っていく。空が暗くなるにつれて、周囲の明かりもぽつぽつと灯(とも)り始めている。僕等が今いるこの展望台も、少しずつライトアップされていく。

だから、暗くはなっていっても視界は確保できている。その代わり、星空は全く見えなそうだけどね。空は暗くなってるのに、全く光っていない。

プレゼント……そう、プレゼントだ。

七海が何の気なしに言った誕生日プレゼント……。当然、僕も七海に買ってきている。

七海のリクエストを聞いて、考えたプレゼントだ。

ここで七海にプレゼントを渡す。すごく緊張しているけど、それが僕に課せられた最後のミッションになる。

緊張する。本来であれば、そこまで緊張するものじゃない。プレゼントをさっと渡して、喜んでもらえて……とスマートに行くはずだった。想像では。

実際には心臓がバクバクしてるし、スマートなんてのには程遠い。さっきだって高いところに来てみっともない姿を晒してしまった。

七海は笑ってくれたけど、ちょっと自己嫌悪だ。だからこそ、プレゼントを渡すことで挽回したかったんだけど……。

まさかここが……恋人たちの聖地……プロポーズに最適な場所とか言われてるなんてなぁ……もっとちゃんと調べておけばよかった。

展望台の場所とか移動時間とかは詳しく調べたけど、それ以上は楽しみにしたいなって調べなかったんだよね。

だから今、こんな気持ちになっている。

日の光も完全に見えなくなり、空が黒というよりも濃紺のような色になる。日が落ちたばかりはこんな色なんだろうか。ここからさらに暗くなるのかな……。

そう考えていたところで……それは起きた。

ちゅっ……。

と、頬に柔らかい感触が当たる。視線だけで隣を見ると、すでに離れた七海がどこか照れくさそうに笑ってた。ライトアップされた光が彼女を照らす。

七海が僕の頬にキスをした。

きっと、暗くなった瞬間を狙っていたんだろう。予想外のキスに、僕はされた頬を押さえた。

何回キスをされても、いつまでたっても慣れることがないなとかそんなことをぼんやり考える。慣れなくても全く問題はなさそうだけど。

「今日はありがとね。もっとお礼したいけど……まずは軽くね」

えへへと笑いながら、彼女は自身の頬を照れくさそうに触れる。なんかさっきまで色々と考えていたことが……吹っ飛んだ。

余計な迷いが消えたともいえる。七海が喜んでくれたんだから、それ以上に何を望むんだ？　これでプレゼントをあげたらさらに喜んでくれるだろうし最高だろうが。

余計なことを考えすぎだったな。偉い人も言っていただろう、考えるな、感じろって。

七海をもっと感じろ僕。変な意味じゃなくて。

「何言ってるのさ、夜景はこれからが本番だし……夜はこれからなんじゃない？」

「えへへ、嬉しいな。ずっと一緒にいられて……。ね、してくれない？」

七海は自身の頬をちょんちょんと指で触れて、僕に一歩近づいてくる。迷いのなくなった今の僕は無敵だ。だから、喜んでやりましょう。

そのまま、七海の頬にキスをした。

あ、やったら凄く照れてきた。これする方もされる方もいつまで経ってても慣れないんだけど。サラッとキスしてる人ってどうやって慣れたの？

七海はきゃあきゃあ言って喜んでる。そして完全に日が落ちると空の色は完全に黒になった。そして……街には明かりが灯っている。

「キレイだねぇ……」

街の明かりを見て、七海は呟く。

てっきり僕は、夜景の明かりは白が多いのかと思っていたんだけど……むしろ白よりもオレンジ色の光の方が多いみたいだ。

オレンジ、白、青、赤……色んな光がちりばめられている。

展望台自体もライトアップされていて、街の光と展望台の光が僕等を優しく照らしてくれているようだった。

「家ってあっちの方かな？　上から見るとこんなにキレイだったんだ」

「確かに、普段は全然意識しないけどかなりキレイだったんだね……」

……ここで七海の方がキレイだよとか言えないのが僕のダメなところか。今思いついたけど、一拍置いてからだと変な風に聞こえちゃいそうだ。

だから僕はこのタイミングで……七海にプレゼントを渡すことにした。

「七海、誕生日おめでとう。これ、プレゼント」

鞄から手提げの袋を取り出して、それを七海に渡す。七海は嬉しそうにそれを受け取って、ギュッと胸元に抱きしめる。

「わぁ……ありがとう！　何かなぁ？」

「マグカップだよ。お揃いで使えるものがいいなってリクエストだったから……ペアのマグカップにしてみた」

「マグカップいいねぇ。うちに来た時にこれで一緒にお茶しようねぇ。ありがとう」

大事そうに抱えて、七海は本当に嬉しそうにしてくれた。ここまでは、七海がリクエストしてくれて僕が考えたプレゼントだ。

そして……もう一つ……。

「あと七海……これも……」

僕は七海に、小さな……小さな四角い箱を手渡す。ラッピングされたそれを受け取った七海は、不思議そうに首を傾げていた。

「なぁに、これ？」

僕はそれが何なのかを口になかなか出せなかったんだけど……覚悟を決めてそれの正体を明かす。

「えっと……指輪……なんだよね」

「……え？」

「お揃いのペアリング……」

実は、これがここで渡すのを躊躇っていた理由だったりする。言い訳するとここが恋人の聖地って知らなかったんだ。

プロポーズに最適な地で指輪を贈るとか……。ちょっと重たすぎないかなと。

ただ、このタイミングを逃したら渡せないのも事実で……帰りはたぶん、厳一郎さんが迎えに来てる気がする。さすがにお父さんの前でリングを渡すのは照れくさい。

それに、こういうのは良い雰囲気の中で渡したいし……だったら今しかないかなと。

ちょっと反応が怖かったんだけど、七海はそれを持ったまま固まっていた。やっぱり重かっただろうか。前に欲しいみたいなことも言ってたからいけるかなぁと……。

「……お揃い？」

「あ、うん……一応……僕のも一応……」

七海は無言で顔を伏せると……僕に箱を返してくる。ちょっとショックだけど、やっぱり重たすぎたか。仲直りテンションでやっちゃったんだけど失敗だった……。

そう思っていたら……。

「せっかくだからさ……陽信が私の指に……着けてくれる？」

顔を伏せたまま、七海は僕の手の中に優しく指輪の箱を持たせる。僕は七海の言葉を咀嚼して、飲み込むのに非常に時間がかかっていた。

それって……喜んでくれてるってこと？

「顔伏せてるからてっきり……」

「み、見ないで……たぶん私今、とんでもなくだらしない顔してるから。女の子がしちゃいけない顔してるから……」

両手をフルフルと前に突き出しながら振って、七海は必死に顔を反らす。さすがに指輪を着けるなら顔を上げてもらわないと……いや、上げなくてもいいのか？

僕は顔を上げられない七海の目の前で、丁寧に箱のラッピングを外して……その箱の中から一つの指輪を取り出す。

そして、彼女の右手を取った瞬間……七海は顔を上げる。

僕は暗がりでもわかるくらいに顔を真っ赤にさせて七海に微笑みかけてから、その細い指に指輪をゆっくりとはめていく。右手の……薬指に。

リングがするりと彼女の指を通り、そして根本の方で軽く抵抗を覚えたらすぐに僕は指から手を離す。

七海は手を差し出したままのポーズで、固まりながらその右手のリングを凝視していた。まるで、信じられないものを見た様な表情で。

「……きつくない？」

「ううん……ちょうどいいよ。キレイ……」

よかった。ピッタリだったか。

キャンプで七海が寝てるときに思いついて、こっそりとサイズを測ってたんだよね……測り方合ってるかスマホで調べながらだったけどどうやら問題なかったようだ。

七海はしげしげと指輪を眺めてから……嬉しさがこらえきれないと言わんばかりに僕に飛び込んできた。

僕は彼女を受け止めて、そしてそのまま抱き合う形になる。

周囲の人たちはそれぞれ思い思いに過ごしていて、僕等には気づいていないようだ。だから僕等は外なのに今二人きりになっているみたいな錯覚をする。

僕がキュッと力を込めると、七海も僕の背中に回した手にキュッと力を入れる。

しばらくそうして抱擁していた僕等は、やがて手を添えたままでゆっくりと離れて互いに顔を見合わせる。

「誕生日おめでとう、七海」

「ありがとう、陽信」

その時の七海は、夜景に負けないくらいに眩しい笑みを浮かべていた。

幕間　帰りたくない私

とても、とてもキレイな夜景だった。

それ以上に、彼が眩しかったなと私は右手を見ながら目を細める。

私の指に光るのは、さっきプレゼントでもらったリング。彼からもらった指輪が、私の指にはめられている。

「えへへ……」

思わず、笑みが零れた。

プレゼントのマグカップは何が欲しいって聞かれて候補にあがっていたから予想できていたけど、これは予想外だったなぁ。

サプライズってあんまりしたことなかったし、されたこともなかったけど、こんなに嬉しいんだ。嬉しいサプライズだ。

きっと、たくさん考えてくれたんだろうな。その気持ちが嬉しい。

リングをなぞって、その金属の感触を堪能する。私の指で、リングの銀色が優しく光っていた。

この光が、さっき見た夜景の光以上にキレイに感じちゃう。

いや、比べるまでもなく……素敵な光だ。

『安いやつだけど……』

なーんて言ってたけど、どんな高級な指輪だってこの指輪以上のものなんてないだろう。値段なんて付けられない。

なんせ、彼の指にも同じデザインのリングが光っているんだから。

実は陽信も持ってるのかな？　って聞いてみたらちょうど持っていたみたいなんで私が陽信の指に着けさせてもらった。

そういうものかどうかは知らないけど、着けたくなったんだから仕方がない。彼の右手を取って、薬指に指輪を通す。

その瞬間、あぁお揃いだぁって強く実感したんだよね。

ペアリング……ペアリングだぁ。

私の右手の薬指に彼からの証が着いている。それだけで気分が高揚してきた。これは毎日着けたいな。さすがに学校にはダメかな。でも着けたい。

さっき陽信に指輪を着けてあげて、お揃いの状態になったら思わず口に出してしまった言葉がある。

左手じゃないんだ？

冗談（じょうだん）めかして言ったら「左手は将来に……」なんてカウンターを喰（く）らっちゃった。久々に強い攻撃（こうげき）を貰（もら）ってしまった気がする。

冗談……冗談だったのかな私？　なんでもいいや、嬉しいから。

それに右手でも、薬指ってことは……もうこれはそういうことだって思って良いよね？　良いんだよね？　ダメなのかな？

いや落ち着け私。今日は誕生日、私はまだ高校生、十七歳（さい）になったばかりだ。そういうのはまだ早い、早すぎる。

陽信はプレゼントを重たいかなって心配してたけど、私の方がよっぽど重い。重量感がたっぷりだ。もうそういうことを考えてる。

でも、嬉しい。すごく嬉しい。嬉しすぎて、飛び跳（は）ねたいくらいだ。

「と、とりあえず……鐘とか鳴らしてみる？」

「う、うん。そうだね！」

陽信が慌（あわ）てたように話を切り替（か）える。確かにこのままだったら指輪見て浸（ひた）って終わっちゃいそうだもんね。うん、他にもしたいことはたくさんあるし。

一緒に鐘を鳴らして、そこにいた別のカップルさんに写真を撮ってもらって、私達も写真を撮り返してあげて……。

せっかくだから錠前も柵にかけちゃおっか。

だけど、今の私はこの錠前よりも素敵なものが指にあるんだから……おまじないに頼らなくても……。

いや、やっぱりやろう。こういうのはたくさんあっても困るものじゃないし。

「名前と……あと、なんて書こうか？」

「んー……なに書こうか」

南京錠はかける前に名前やメッセージを書くみたい。お互いの名前を書いて、メッセージを書いて永遠の愛を誓うとか素敵だなぁ……。

別れたら恥ずかしい？　別れないよ。別れるわけがないよ。ずっと一緒だよ。

まぁ、こういうのは冷静になったらあとから恥ずかしくなってくるのは分かるんで、今のテンションでパッとやっちゃうのがベストだ。

「ずっと一緒……って書こうか」

陽信がさっき私が頭に思い浮かんだ言葉と同じ言葉を言ってくれて、私はさらに嬉しくなる。それにしよう、書いてかけよう。

二人で文字を一緒に書いて……そのまま、二人で一緒に南京錠をかける。かちゃりという金属音が私の耳に届くと、何かを誓った気分になる。

あー……この気持ちはなんなんだろう。全能感って言うのかな？　今の私は……きっと無敵だ。かなり無敵だ。なんだってできるし、なんだってやれる気がする。

普段（ふだん）できてないことだってきっとできる。

お姉ちゃん呼びすらどうでもよくなってしまっている。ライトアップされた展望台の光がリングを照らすたびに……ニヤニヤしてしまう。

「うへへぇ……」

我ながら気持ち悪い笑い声が出ちゃった。

きっとだらしなく、しまりなく、笑ってるんだろうなぁ今の私。全然周りからどう思われようとも何の問題もないけど。

今の気分なら、手紙のことも何でも来いって感じだ。

「七海（ななみ）……そんなに喜んでもらえて嬉しいよ」

「うん、すごく嬉しい。何度でも言うね、ありがとう」

今すぐにキスしたくなるけど、今は周囲に人が多いから我慢（がまん）我慢……。

あー、でも嬉しい。ほんと嬉しい。

指先でリングをまた撫でる。周囲も暗くなってきたし、時間も遅くなってきている……そろそろ展望台も終わりの時間になるし、帰らなきゃいけない。

帰らなきゃ……。

「今日……帰りたくないな……」

無意識に、ぽそっと呟いた。

小さい私の呟きはすぐに周囲に溶けて、彼の耳には届かない。私の耳にだってかろうじて届いた音だから、それも当然だろうな。

帰りたくない、私は帰りたくないんだ。無意識じゃなく、それをはっきりと自覚した。

この時間まで陽信と一緒にいることは……たまーにある。ほんとにたまに。でもそれは周囲に誰かが……保護者がいるから一緒にいたんだよね。

旅行の時も、プールの時も、キャンプの時も、夜には必ず私たち以外の誰かがいた。

だけど今日は……二人っきりだ。

誕生日の夜に初めて二人っきりになって……こんなの帰りたくないって思うのが普通だよね。絶対に、そうだよね。

いやまぁ、私だけかもしれないけど別にそれは置いておこう。少なくとも私は今、帰りたくないって思ってるんだから。

「……帰りたくないね」

「えっ……？」

彼の口から私と同じ言葉が漏れる。私と同じ気持ちなのかと嬉しくなって、思わずじゃあ帰らないで夜を明かそうかとか言いたくなる。

言ったらたぶん……最後の砦みたいな何かが決壊する気がする。

陽信はどうか分からないけど……少なくとも私は一緒に夜を明かそうとするだろう。でも、どうやって？

そこで私の中にある言葉が流れてくる。

『川沿いにあるホテルが便利ですよ。高校生でも私服ならバレにくいです』

どこで聞いた言葉だったっけ、やけに言葉のインパクトだけ強かったから覚えている。

でもホテル……ホテル……?!

そういうとこ行っちゃう……の？　陽信もそのつもりなのかな？　そう思って彼に声をかけたんだけど……。

「陽信じゃあ……」

「帰りたくない……帰るときにまたロープウェイ乗らなきゃいけない……また、あの思いをするのか僕……？　真っ暗だしもしかして昼より怖いんじゃ……？」

違ったぁぁぁぁぁッ!!

おもわず腹の底から叫んでしまいそうになった。いや、私も帰りたくないとか言わなくて良かった。本当に良かった。

だって絶対に会話がすれ違う。私、ロープウェイ怖がってなかったし、普通に乗れてたから絶対に陽信も何のことってなるよ。

うわぁ……恥ずかしいことになるところだった……。

そう思ってたんだけど、よくよく陽信の表情を見ると心なしか赤くなっているように見えた。あれ、なんで赤く……？

怖がってるならもうちょっと顔色が悪くなっていてもおかしくないような気がするんだけど、なぜか彼の頬と耳は赤い。

もしかして……。

「帰りたくないって……そっちの意味だった？」

私の言葉に、陽信は身体を大きく跳ねさせた。そしてそのまま身体が固まってしまったかのように私の方を振り向かない。

私が彼の背に視線を送ると、その視線を感じているのか陽信はちょっと震えだした。

そっか……。

私は一歩ずつ、彼に近づく。私の足音に合わせるように、彼の背が跳ねていく。

そっかぁ……。

彼の背に触れるくらいに近づいた。なんか陽信が小刻みに震えてる。ちょっと面白い。

いや、面白がってたらダメだ。

私もちょっとだけ勇気を出す。

そのまま私は彼の服の裾を摘まんで……彼にしか聞こえないように呟いた。

「私も……帰りたくないなぁ……」

いっそう大きく、彼の背が跳ねる。先ほどのとは少し意味合いが違う驚き方による跳ね方だろうなぁ。

ゆっくりと、彼は首を回して後ろを振り返る。

彼の顔は真っ赤で、私の顔も……真っ赤だったと思う。

「いや、その……僕のは……」

「帰りたくないって……そういう意味で言って、恥ずかしくなっちゃってついつい誤魔化しちゃったんだよね？」

先に言った私の言葉を受けて……動きの止まった彼はゆっくりと首肯する。そうだよね、私も同じだもん……同じ気持ちだから、分かっちゃった。

キュッと服の端っこを摘まんだままで、私は彼にまた近づく。

「私も帰りたくないもん。おんなじ意味」

耳元で囁いて、すぐに離れた。普段通り普段通り、それを意識するけどやっぱり顔はあつくなっちゃうなぁ。

その後は……二人でちょっとだけ無言で頷いた。よく分からないけど、頷いた。そして、ドキドキしながら二人で展望台を後にする。

ドキドキ……しっぱなしだった。歩くたびに心臓の鼓動が速くなる。このまま鼓動が早くなったら私死んじゃうんじゃないだろうか。

二人でぽつりぽつりと単語だけで会話して……会話が途切れ途切れになる。なんだったら、無言の時間の方が多かったかもしれない。

それくらい……これから先のことを想像して緊張していた。

帰りのロープウェイでも……陽信は無言だった。

これが一番びっくりしたかもしれない。陽信が全く怖がっていないのだ。さっきのは何だったのってくらいに。

周囲が暗くていまいち高さにピンとこなかったから？

……それとも、これからを考えてなのかな？

私もつられて緊張して……そして、ロープウェイが終わってしまう。これから、これからどうするんだろう……。

ただまぁ、私も陽信も大事なことを忘れてたんだよね。

「もう遅いし、迎えに来たよ」

「お父さん……」

「あ、厳一郎さん……」

そうだった、これが条件だったっけ。気持ちが盛り上がりすぎて……忘れてた。陽信も珍しく忘れてたのか、ちょっとだけ焦ったように苦笑を浮かべていた。

もー……これなら迎えに来るのはいらないって……いや、無理か。絶対に無理だ。それなら許可を出してくれないいや。

なんか一気に冷静になった気がする。陽信も、頭が冷えたのかふうと息を一つ吐いた。

お父さんはそんな私達を見て首を傾げていた。うん、これは知られちゃいけないいや。

私も彼も顔を見合わせて一緒に肩を竦める。

今回のことで、分かったことがある。

このお迎えがなかったら、たぶん私達……ヤバかった。

しちゃダメなことほどしたくなるってのは人の心理としてはあるから、ストッパーは確実に必要だったわけだ。

それが分かっているからこそ、お父さん達は迎えに行くって言ったんだろうなぁ。

あーあ、これでデートも終わりか……。

「じゃあ二人とも、行こうか。車に乗って」

あれ？　陽信のお父さんは来てないの？　周囲を見渡したら……確かにお父さんしかいないや。迎えは統一したのかな？

私達はそのまま車で家に向かうんだけど……。あれ？　うちに向かってるだけ？　陽信の家に行かないのかな？

「二人とも、誕生日のデートは楽しかったかい？」

「うん、楽しかったよ」

「楽しかったです。ありがとうございました」

「ははは、私達にお礼を言わなくてもいいよ。ちゃんと展望台ではプレゼントも渡せたみたいだし、何を貰ったんだい？」

「あ、マグカップと指輪……。え？」

「指輪かぁ、いいねぇ若い子は。私もこんど母さんに何かプレゼントしようかな」

「あ、うん……お母さん、喜ぶと思うよ」

あれ？　なんでお父さん……展望台でプレゼントもらったことを知ってるの？　もしかして陽信がプランの相談してたとか？

彼の方を見ると、彼はぶんぶんと首を振る。え？　じゃあなんで？

まさかあの場に……お父さんもいたとか？　一人で？　その後もお父さんとは車内で会話するんだけど、さっきの会話の違和感はぬぐえなかった。

そしてうちに到着したら……お父さんが車から降りる。あれ？　先に私を送ってそのあと陽信をってことじゃないのかな。

「それじゃ、二人とも降りて降りて」

私と陽信はそのまま家に入っていく。すると、そこで待っていたのは……みんなだった。

「七海、お誕生日おめでとう～」

「おめでとー!!」

初美や歩、音兄達がみんな揃ってクラッカーを鳴らしてくれた。私も陽信もびっくりしちゃって目を丸くする。

ここからは、お誕生日二次会……みんなで騒いで、陽信はいつかみたいにまた泊まっていってくれるってことになったらしい。

皆が祝ってくれることが嬉しいのと同時に、まだ陽信と一緒にいられるってことに感激

して……私は思いっきり彼に抱き着いた。

周囲に冷やかされながら、誕生日の二次会は開催（かいさい）された。

後から聞いた話。

私達が行った展望台って、今はライブカメラでずーっと中継（ちゅうけい）されてるんだって。それこそ、朝から晩までずっと。ライブ配信ってやつ。

遠くからだから顔の判別はあまりできないけど……少なくとも服装から友人かどうかはわかる程度には鮮明（せんめい）に映ってるらしい。

でまぁ、そろそろ展望台行ってるのかなぁ……って、初美達がスマホで見だして……私達じゃないかって人を発見したんだとか。

それを聞いた私と陽信は、全てバッチリ見られてたことに……悶絶（もんぜつ）する。でもそっかぁ……だからお父さん、展望台でのこと知ってたんだぁ……なるほどねぇ……。

次の記念日は、絶対に行き先を秘密にしてやる!!

第四章　僕等が知らない事情

波乱万丈の夏休みが終わった。

いや、ほんとに今年の夏休みは濃かったなぁ……初めての彼女がいる夏休みだったけどこれが世間一般だと普通なのだろうか。

確実にゲームだけして過ごしているより充実はしていたけど、疲労感というか……休みが終わることへの喪失感がものすごい。

昔の休み明けって、今日帰ったら何のゲームしようとかその程度だったからね。

「……どうしよう陽信。私、学校に行きたくなくなってる」

「奇遇だね七海、僕もだよ」

どうやら七海も、自身の初めての感情に戸惑っているようだ。学校に行きたくないとかいう言葉が七海の口から聞けるとは僕も思ってなかった。

そうも言ってられないので、僕等は重い足を引きずるようにゆっくりと歩いていた。いつもより時間をかけて登校しないと、心を立て直すことができなそうだ。

制服を着て、いつも通り手を繋いで、いつも通りの通学路を歩く。徐々にいつも通りだなぁ……って気持ちになる。

制服姿の七海を見るのも久しぶりだ。夏休み中は私服ばっかりだったから……。

……しまった、ラウンドガール姿や水着姿の七海を思い出してしまった。今の七海は制服だ、落ち着け僕。

「そういえば、宿題は全部終わらせた？」

「あー……うん……一応。はい。一応です」

夏休みの大敵、宿題は七海の協力もあってきちんと終わらせた。ぶっちゃけると、七海に監視されながらやった部分もある。

いつもの教師コスプレで。

なんか最近、七海が色んな服を着ている影響なのか僕の前でコスプレっぽい服を着てもあんまり抵抗がなくなっているような気がするのは気のせいだろうか。

いつかこう……言葉を濁すけど色んな服とか着てほしい。

夏休み明けが月曜日ってのもなんか憂鬱さに拍車をかけているような気がする。いやでも、金曜日とかだったら次の日休みでリズム崩れるか。

今日は始業式だけだから、まだマシかな。

「宿題終わらせたなら、午後からの実力テストも安心だね」

「は？」

「え？」

待って、なにそれ。実力テスト？

混乱する僕に、七海はちょっとだけ、ちょっとだけ同情するような視線を向ける。

「一年の時もあったよ……？」

「マジかー……」

全然覚えていない僕は、そのまま天を仰ぐ。一年の時もあった？　うそでしょ？　そんな馬鹿な……って感じだけど、七海が言うなら間違いないだろう。

僕の反応を見ながら、七海は苦笑しながらため息を一つ吐く。

「夏休みの宿題、ちゃんとやってれば大丈夫なはずだよ。私が勉強教えてんだし。それに、実力テストは成績に反映されないから」

「そうなの？　それなら気楽に……」

「もしかして……まーたご褒美貰わないとやる気でないのかなー？　夏休みが終わったのにお姉ちゃんに甘えるの好きだなぁ陽信はぁ」

登校中でもそれ出すの?!　誕生日の時だけだと思ってたんだけど……。誰かに聞かれたらヤバいでしょ。

が、がんばらないと。教室でこの話題出されたらちょっと……。

嫌(いや)って言うか……七海のことお姉ちゃんって呼んでたってクラスメイトに知られるの普通にヤバいよね?

普段どんなことしてるんだって言われそう。

ともあれ、がんばらないと。実力テストも、もう一つの方も。

「それで、陽信……今日、お話しするんだよね?」

「うん。そのつもり。最初は僕だけで行こうと思ってたけど……」

「絶対に私も行くよ。二人の問題だし」

これはたぶん、僕が一人で行くって言っても一緒に来る奴(やつ)なんだろうな。だったらまぁ、一緒に行くことにしましょう。

まぁ、七海と一緒に話を聞くつもりではあったんだけどさ。

何の話かというと、委員長さんとのお話だ。

夏休み中はそもそも会うつもりがなかったから夏休み明けにしたけど、七海とのこともあったから先延ばしにして正解だったな。

だから、始業式の今日がちょうどいいと思った。いつもより早く学校が終わるし、人も少なくなるのが早いだろうから。

秘密の話をするには、今日が一番だろう。

……実力テストがあるのは予想外だったけど。それでも、いつもよりも早く終わるはずなのは変わりない。

ちょっと出鼻を挫かれたから、気合を入れなおそう。

昨日、夏休みの補習中にもらった連絡先に確認のためにも再度の連絡をした。明日の話はよろしくねって。

七海も一緒に話を聞くからと、言葉を添えて。

サプライズで七海を連れて行くってのも案としてはあったんだけど、それをして話がこじれても嫌だったので事前に伝えた。心の準備は必要だ。

名目としては、彼女がいるので他の女性と二人っきりになることはできないからと。

委員長、めちゃくちゃ混乱してたけどね。

彼女に内緒にするような話を彼女同伴で聞くのとか、茨戸さんはそれでいいって言ってるのとか、そもそもなんで茨戸さんに話したのとか。

文章から、混乱っぷりが伝わってきた。

まぁ、僕も逆の立場だったら混乱するかもしれない。普通に漫画とかなら彼女に内緒で二人きりになって誤解が生まれるような展開だからさ。

でももう、波乱の展開はお腹いっぱいだ。

この間のバイトの写真事件で懲りたよ。本当に懲りた。迂闊な行動ってのは死を招く。あれは死じゃなくて胃痛だったけどさ。あれは失敗だったよ……。

だから写真の事件も、委員長が何を知ってるのかも、あっさりと解決させてもらおうと思う。これ以上の波乱は無しだ。

あっさりと、さっぱりと、キレイに終わりにさせてもらう。

そのつもりで七海と一緒に話を聞くと言ったんだ。たぶん、夏休みの件がなかったら僕は委員長と二人で会ってただろうな。

委員長の件は七海に伝えてはいるけど、それでも二人で会って……それで何かが起こってた気がする。仮定の話だけどね。

それが誤解なのか、誤解じゃないのかは分からないけど。起こる前にその未来は潰させてもらった。

僕と七海は一緒に行く。

……二対一で卑怯っぽい感じもしたけど、別に喧嘩するわけでも、対決するわけでもないからそれはいいよね？

僕と七海はそろって教室に入る。早めに来ているクラスメイトに挨拶をして、相変わらず仲いいなとか、夏休みデビューしなかったのかとか茶化される。

そういえば、夏休みの間だけ染めるかとか話してたの忘れてたなぁ。でもまぁ、ドタバタの連続だったから染めてたらまんま夏休みデビューになってたからやらなくて正解か。

そうして周囲を見ると、委員長もすでに席に座っていた。

「おはよう、委員長さん」

「……おはよ」

僕は委員長の近くまで行って、彼女に朝の挨拶をする。委員長さんはどこか戸惑ったようにぶっきらぼうに返答をしてきた。

やっぱりちょっと警戒されてるかな。まぁいいやと、そのまま僕は自席に座る。

チラチラと僕を見てきて、委員長さんはその戸惑いを隠せない様子だ。申し訳ないんだけど、放課後までは戸惑ってもらいます。

あまり大きな声で言ったら七海に嫌われかねないけど……ちょっとだけ意地悪はさせてもらうよ。

今更かもしれないけど、夏休みにあんなこと言われて……七海が不安になった件についてちょっとだけ怒ってたりするんだ。

僕についてはどうでもいい。大して気にしてないから。

だけど七海が……もしかしたら委員長さんが僕のことを好きなのかもしれないとか変な誤解を受けてたのは……そう簡単には許せない話だ。

少し八つ当たり気味な気もするけど、それも含めて少しはやきもきしてもらうよ。

こんなこと……七海には言えないけどね。

実力テストは、思いのほか良い結果になった……と思う。

真面目に補習に出て、真面目に宿題をしたからなのか。はたまた七海に教わったからなのかは分からないけど、僕としては思いのほかできたと思う。

一つの課題を終えて、次の課題に僕等は挑む。と言ってもこっちは学校の授業では教わらない系統の課題だ。

委員長さんからの話……いったい何が飛び出してくるのか。

僕と七海は先にとある場所で待っていた。そこは、僕と七海にとってはとても思い出深い場所だった。

僕と七海が始まった場所。そして、罰ゲームが終わった場所でもある。

……僕が告白された、校舎裏だ。

意外にも、そこを指定してきたのは委員長さんの方だ。少し遅れそうだから、ちょっとそこで待っていてと言われている。よくよく縁がある場所だ。

ここを指定したってことは、そこまで知っているってことだよね。

「……何言われちゃうのかな」

「大丈夫だよ。たぶん、悪いことにはならないと思う」

というかまぁ、罰ゲーム云々の話はすでに知っちゃってるからその話を出されたらある意味で茶番になっちゃうんだよなぁ。

でも「それはもう、知ってるよ」の一言で終わる話だから早く終われるか。

問題は何で知ってるかってのと、他にも知ってる人はいるのかって点だ。言いふらしたり……はしてないと思うけど。

そこが不気味なんだよなぁ……なんで広めないんだろうか？

僕が七海を不安にさせないように手を繋ごうとしたタイミングで、委員長さんがやってくる。

表面上はとても普通……普段をあまり知らないけど……補習の時に見たクールな感じに

見える。真面目な委員長って感じは崩れてない。

　七海がいるのに、大したもんだ。

「遅れてごめんなさい。始業式だから先生に色々と手伝わされてて」

「あぁ、構わないよ。大変だね、委員長も」

　あまり大変さを感じさせない声色で、委員長は遅れたことに対する謝罪をする。だけど、さすがに委員長も七海をチラッと見たら一瞬だけ目を見開いた。

「……ほんとに、茨戸さんいるんだ。ちょっとびっくり」

　とてもびっくりしているとは思えない声色だけど、たぶん表情を見ると本当にびっくりはしているんだろうな。

「うん。それは、聞きたいこともあったしね……」

「聞きたいこと……？」

　そこで僕は、彼女に対して一つの紙を取り出して見せた。七海の下駄箱に入っていたあの手紙だ。委員長はその紙を見て……やっぱり少しだけ驚いた表情を浮かべる。

　すぐに平静に戻るけど。本当に、表情があまり変わらない人だ。

「この手紙……七海のところに入れたのは委員長さんだよね？　何のつもりでこんな手紙を入れたのかな？」

　僕のその言葉を聞いた委員長は、一瞬だけ敵意のある視線を七海に向けた。それもすぐに収まると、今度は僕に対して……ため息を吐く。

「……そうだね、それは私が茨戸さんに出した手紙だよ。まさかそれも知ってるなんて。それを見て簾舞君……どう思った？」

「どうって……」

「自分の彼女がこんなことするはずないって思った？　でもそこに書いてあるのは……事実なんだよ。簾舞君は知らないと思うけど」

　いえ、知ってます。

　深刻な表情になっている委員長さんには悪いけど、知ってるんですよそれ。やっぱり半分くらいは茶番みたいになってしまうなぁ……。

　僕が聞きたかったのはどういうつもりで出したかって動機の面であって、そこは別に深掘りしたいところじゃなかったんだけど。

　そう思ってたんだけど、僕も知らない話が……委員長さんの口から飛び出した。

「あと一つ……私、簾舞君に謝らないといけないことがあるの」

「謝るって……。別に僕自身は、謝られるようなことはされてないと思うけど」

　七海にはちょっとだけ謝ってほしいけど……と思ったけど、次の言葉で僕は二の句が継げなくなってしまった。

「……あの日、茨戸さんが告白をしていた日に……窓から水を捨てたのは私なの」

その一言に、僕も七海も思考が停止する。あの日……水を捨てた？　あの時のことを思い出して、ちょっとだけ頭に痛みが走った気がした。

怪我した部分はもうすっかり治っているし、痛みはないけど……僕は思わずその部分に触れる。

七海は目を見開いて、委員長さんの方を見ている。

「その点に関しては、本当にごめんなさい。怪我させるつもりは無かったの、ただ……」

彼女はそこでいったん言葉を区切る。そして、そこで再び七海の方へとチラリと視線を向けると……胸を張って言葉を続けた。

「罰ゲームの告白を、台無しにしてあげたかっただけ」

その姿は、自分は悪いことをしていないと鼓舞しているようにも見えた。

ハッキリと僕等にそのことを告げる。

その目はまっすぐと……僕じゃなくて七海を見据えていた。そして分かったことがある。

さっきの言葉からは……敵意のようなものを感じた。

夏休み期間の、どこか芝居がかった感じは全くしない。委員長さんは、今ハッキリとした感情を僕等に……いや、七海に向けている。

僕は七海を守るように、彼女を背にする。

「あの時、僕が怪我した原因については犯人が分からないって聞いてたけど……犯人だと名乗り出なかったの？」

「名乗り出たよ。私がバケツを落としたって。でも……信じてもらえなかったの」

信じてもらえなかった？

僕が首を傾げると、委員長さんはどこか自嘲気味に笑う。

「私ね、こう見えて……品行方正な優等生なの。数学だけはちょっと難があるけど、それ以外は勉強は割とできるし、自分から先生の手伝いもする……」

「……もしかして、それで？」

「どうも、私は犯人をかばって名乗り出てるって思われちゃったみたい。日頃の行いが良すぎるってのが……まさかそんなことになるなんてね」

委員長さんは、苦笑をしながら校舎を見上げる。そこには完全に施錠されて開かなくなった窓がある。もうあそこの窓が開くことはない。

分かるような気もする。僕も、委員長さんが何かの犯人だって名乗り出てもそんな馬鹿なってなっちゃいそうだ。

現行犯であれば別だけど、言葉だけなら信じにくい。

いや、それよりもだ。罰ゲームの告白だと知っていて、それを台無しにしようとしてるなら……まさか……。

「罰ゲームのことは……先生に言わなかったの？」

「安心して、あれが罰ゲームの告白だっていうのは先生たちには言ってないから」

先生に言っても、何にも変わらないだろうしね。そんなことを彼女は諦めにも似た表情で呟いた。確かにまぁ、学生間の確証の無い話には首を突っ込みづらいか。

ちょっとだけ、僕はそのことに安堵する。先生が知らないなら、それはそれで問題ない。

七海の心証が悪くなることも無いだろう。

「なんでホッとしてるの？」

そんな僕の反応が不可解だと言わんばかりに、委員長さんは表情を歪めていた。それはさっきまでの表情とは別物の……感情の乗った表情だ。

「簾舞君は……茨戸さんが君に告白したのは罰ゲームが理由なんだよ？　罰ゲーム、そんなことで……許せないと思わないの？　なんでホッとしてるの？」

怒気をはらんだその言葉に、七海は圧倒されたかのように一歩下がってしまった。僕は七海を安心させるために彼女の手を握る。

その姿を見て、ますます彼女の怒りが深くなる。

「なんでかばうの？　一ヶ月で別れるとか話してたんだよ？　別れると思ってたら……交際が続いてるし、周囲からもラブラブとか言われてわけわかんないし……」

静かで深い怒りが感じられるその言葉に、僕まで気圧されてしまいそうになる。こんなに明確な敵意を向けられるなんて……過去にも無かったな。

強いて言えば、標津先輩との勝負の時くらいかな。でも、あの時はこれよりももっともっと……優しい敵意だった。

あまりの強さに、今すぐ七海を連れて逃げ出したくなる。足がちょっとだけ震えて、情けない気持ちが湧き出てくる。

怒ってる女性と対峙するときってこんなに怖いんだ……。敵意に僕が弱いってのもあるけど。でも、ダメだ。僕は……ここで下がるわけにはいかない。

七海にはカッコ悪いところを見せても……逃げる姿を見せるわけにはいかないんだ。

「委員長さん、一つだけ……確認させてもらってもいいかな？」

「何かしら？　私に確認するより、茨戸さんに確認したほうが……」

「委員長さんは、僕のことが好きだったりするの？」

口にして思うけど、なんだこの自意識過剰男みたいなセリフ。プレイボーイだって今時こんなセリフは言わないんじゃないだろうか。

あー、ほら、変な空気になった。

七海は僕を、呆けてキョトンとした表情で見てきているし、委員長さんなんて呆れた様な馬鹿を見る様な表情で僕を見ているし。

僕だってこんなセリフ口にしたくなかったよ。どう考えても痛いもん。

だけど、これを確認しないと次に話を進められないし……七海を安心させてあげられないじゃない。委員長さんが僕を好きじゃないって……確信をもちたいんだよ。

そのせいで僕は大火傷だけどさ……。

「えっと……えっと……いや、あの……。なんでそんな……？」

委員長さんは敵意はまだ感じるものの、それ以上に困惑が大きくなっていた。珍しく手をパタパタと動かしながらオーバーリアクションまで取っている。

明確な反応がないと、その分だけ僕も恥ずかしくなってくる。真面目な場面なんだから我慢しろと耐えようとするんだけど……ちょっとだけ頬が熱いし、変な汗が出る。

「いやほら、罰ゲームを台無しにしようとした理由が知りたくて。単なる正義感なのか、それとも……って気になっちゃって」

「あ、あぁ……そういう……。う、うん、えっとその……別に私が簾舞君のことを好きってのはないから……安心して？　私は好きな人……他にいたから」

安心してってのも変な話かもだけど、それを聞けて確かに安心した。

まず、七海が懸念していた点は一つクリア。

後ろにいる七海がちょっと安堵したのが空気で分かった。ただ、ここで委員長さんに安心したよって返すとなんともデリカシーがないので……返答はしないでおこう。

言葉のやり取りだけ考えたら僕が最低な男になっちゃうし。こういう場面で、余計なことは言わないに限る。

ただそれなら、やっぱり何でそんなことをしたのかが気になってくる。動機……よくよく考えたら、その動機って正義感なんだろうか？

人間、正義感だけでそんなことできるのかな……？

「じゃあ、委員長さんには無関係のことじゃない。なんで、止めようとしたの？」

「関係ない？　関係ない……。そうね、関係ないわ。でもね、許せないの」

「許せないかぁ……。やっぱり、委員長さんは真面目だから許せなかったのかな」

明確に出てきた許せないという言葉で、やっぱり委員長さんは真面目だから正義感から止めようとしたのかな。

確かに許せないって思うのは……普通の感覚だよな。その怒りはもっともだ。それに対して、僕が何かを言うことはできない。

ただまぁ、止めようとして水をかけるってのは……文字通り水を差そうとしたのかもしれないけど、それはあんまりよくないことだよね。

だけど、委員長さんは僕の言葉を否定するように首を横に振る。小さく振って、まるで傷が痛むかのように胸のあたりの服を掴む。

「違うよ、真面目とかじゃない。正義感でもない。ただ、許せないの」

「え、いや……許せないってことは正義感なんじゃ……」

「だって私も昔……罰ゲームの告白をされたんだから」

え？

僕は言葉を詰まらせた。罰ゲームの告白を……された。知らなかったその事実を受けて、僕も七海も視線を交差させる。

僕等のその様子を見てなのか、委員長さんは言葉を続ける。

「好きな人がいたの、その人に告白されたの……嬉しかった、すごく嬉しかった。だけど、罰ゲームの告白だって言われた、揶揄われた、悲しかった、辛かった……!!」

最初は小さく、冷静な言葉だったけど、その声は徐々に大きく、強く、荒いものになっていく。思い出して、怒りがまた再燃したかのように。

「男の人が苦手になって、一人でいいやってなってたら、偶然……偶然聞いちゃったの、罰ゲームの告白をするって。また私と同じ思いをする人が出るのかって……」

悲痛な叫びに、こちらまで悲しくなりそうだった。だから委員長さんは七海に敵意を向けていたのかと、得心が行った。

七海は、僕と繋いでいた手に力を込める。握ってる手が熱くなっている。

僕はその手を、柔らかく握り返す。

「だから罰ゲームを止めようと思った。それと同時に……私は、罰ゲームの告白なんてする人は痛い目を見ればいいと思った、あの時できなかった報復をしようとした」

そんな過去があって、そんな話を聞いちゃったら……確かに、許せないと思うのが普通だ。なんだか、初めて委員長さんと会話をしている気がする。

僕等は、委員長さんが話を終えるまで口を挟まず……静かに彼女の言葉を聞く。

やっぱり、委員長さんは正義感からも動いていたんだと思う。かつての自分自身みたいな人を生まないために、彼女は罰ゲームを止めようとした。

それと同時に、彼女の中に暗い欲望も顔を覗かせた。委員長さんに罰ゲームの告白をしたのは七海じゃないけど……それでも、七海に罰を与えようとした。

そこで自分で水をかけるだけってあたり、委員長の人の好さも窺える。バケツを落としたのは悪意からじゃなく……あくまで偶然なのだろう。

悲鳴を聞いて、ビックリして……離してしまったんだ。それが偶然、僕に当たってしまった。だからちょっとだけ話がややこしくなった。

「今になってそれを明かしたのは……なんでなの？」

「そんなの……そんなの許せないから……」

委員長さんは自身の過去を思い浮かべてなのか、目に涙を浮かべている。

それがどんな過去なのかは僕にはわからないけど、その時に悲しい思いをしたんだろうということは想像に難くない。

でもさっきまでの委員長の言葉を考えると、今になってそれを明かした理由が単純な正義感だけじゃないのは……分かり切っていた。

僕はさらに七海を守るために、彼女を隠すように前に出る。

ここで応酬されているのは言葉だけだから、それで何かが変わるわけじゃない。だけど、今の委員長の姿を七海に見せるのも……なんだかしのびなかった。

「許せないって……罰ゲームが？」

それとも、罰ゲームなのにまだ交際が続いてるのが許せなかったのかと……僕は彼女にあえて聞く。僕の言葉を受けて、委員長さんは目を見開いた。

彼女は一度息を大きく吸うと、そして……小さくだけどハッキリと僕に告げる。

「そうだよ、罰ゲームなのに……罰ゲームの告白なのに、なんで何も知らないで幸せそうに交際を続けられてるの？　なんでお互いに……思いあってるみたいな顔してるの？」

同じように罰ゲームを受けたのに、なんで幸せそうなの。

私はそれができなかったのに、ずるい。

彼女は、決定的なその言葉を口にした。ずるいって言葉はきっと七海にだけじゃない、僕にも向けられた言葉だ。

ずるいって言った瞬間、今まで七海にしか向けられてなかった敵意のある視線が僕にも注がれた。彼女にとってずるいのは……僕も同じだ。

だから七海から反応がなかった後に、彼女は僕に接触した。

つまり彼女は、僕と七海の交際が台無しになるとか、グチャグチャになればいいと思ってやったんだ。正義感じゃないってのはその通りだ。

あくまでも……向けられていたのは敵意だったわけだ。

「これが私が知ってることの全てと……なんで今になって明かしたのかの理由よ。その上で聞かせて。なんで今も……簾舞君は茨戸さんを庇うようにしてるの」

泣きそうになっている委員長さんを見て、僕は言おうと思っていた事実を告げるか一瞬ためらってしまう。

彼女が僕等にそのことを告げてきたのは、純粋な気持ちというより……自分の気持ちを晴らすためだったというのが分かった。

正直、彼女の境遇には同情するとともに……一歩間違ってたら自分も委員長さんみたいになっていたのかと思うと……その事実を告げるのが躊躇われた。

僕がどうしようかと迷っていたら……僕の後ろにいた七海が僕の前に出てくる。

そして、そのまま委員長の元へとゆっくりと歩き出した。僕は慌てて、七海の元へと駆け寄っていく。どうするつもりなんだろうか？

七海は委員長さんのもとにたどり着くと……そのまま深々と頭を下げた。

「ごめんなさい」

彼女から出た謝罪の言葉に、委員長は言葉を失っていた。

「謝って許されることじゃないけど……ごめんなさい。私のせいで、苦しい思いをさせちゃったみたいで……でもね……」

頭を下げた七海は、顔を上げてまっすぐに委員長さんを見つめる。七海が直接的に何かをしたわけじゃないけど……それでも、彼女の影響がなかったわけじゃない。

その点において、僕は七海を擁護できない。

だけど……傍にはいてあげられる。

「でもね、告白のきっかけは確かに罰ゲームだったけど……私は陽信が好きになったの。それは本当で、だから一ヶ月が過ぎても私たちは付き合ってるんだ」

「なにそれ……なによそれ……」

普通の人なら激昂していたかもしれないけど、委員長さんは努めて冷静だ。冷静だけど怒りを感じていないわけじゃないだろうけど。

その証拠に、次の言葉は怒りに任せた強いものだった。

「罰ゲームで好きになるって……どうしたらそうなるの！　私の時はそんなことなかったのに！　簾舞君は……全部知っても変わらずに茨戸さんを好きだって言うの?!」

七海は一心に委員長さんの言葉を受けている。たぶん、七海は反論する気はないんだろうな。だから、謝罪した後は言い訳をしていない。

それが分かっているからなのか、委員長さんは僕に対して問いかけてくる。僕はその言葉を受けて……。

「そうだね……僕は七海が好きだよ。全部知っても、変わらずに」

「なんで……」

「だって僕、罰ゲームについては知ってたから」

「え？」

僕はここで、委員長さんにも打ち明けることにした。僕と七海の……関係を。

個人的に、僕は今回の委員長さんの行動についてはある程度の理解を示している。

いや、正確には理解を示した……と表現したほうが正しいか。もしもこれが、単純に正義感からとか……言い方は悪いがキレイごとを言われるよりよっぽど納得できる。

委員長さんはあくまでも自分の感情に則って行動し、過去の経験と個人的感情から行動を起こした。

やったことは脅迫的な行為で褒められはしないけど、理解はする。

……まぁ、そう思ったのは委員長さんの現状もあるか。

結論から言うと、委員長さんは泣いてしまった。それも静かに泣くとかじゃなくて、ギャン泣きだ。まるで子供のようだ。

委員長さんとは夏休みの補習から少し話すようになった程度の間柄だけど……これは予想外だ。僕は思わずその泣き方に面食らってしまう。

そして、予想外はもう一つ。

七海も一緒に泣いているのだ。七海の方はギャン泣きじゃなくて静かに泣いているけど……ショックは受けてしまっているみたいだ。

なぜこんなことをしたのか……泣きながらで支離滅裂だったけどおおよその事情は理解できた。

委員長さんには好きな人がいた。それは彼女の幼馴染であり、ずっと一緒にいた男子だったそうだ。その男子から、中学の時に告白された。

だけどそれが、罰ゲームの告白だったというのだ。それは、彼女に告白してすぐにバラされて……付き合うとかまでは発展しなかったらしい。

それだけでも……だいぶ傷になりそうな経験だけど、よりにもよってその男子生徒は七海に告白したんだとか。同じ高校だったのか……。

まぁ、七海にはフラれたわけなんだけど……。少なくとも、その時に委員長さんの中で明確に七海に対しての嫉妬心とかがほんのわずかに芽生えた。

もちろん、それは軽い嫉妬だ。自分は罰ゲームで告白されたのに、初恋がダメだったのに、七海はその相手から告白されて……ていう程度の軽いもの。

普通ならだれもが持つ程度のものだし、それだけだったならこんな行動は彼女は起こさなかっただろう。

問題はその後……。

七海が罰ゲームの告白をすると、委員長さんは聞いてしまった。

だからこそ、彼女の中での色々な感情が爆発して……水を窓から捨てるに至ったと。まぁ、バケツを落としたのは誤算だったようだけど。

その行動も、他ならぬ僕が阻止してしまった。そこで告白は成功して、交際はスタートした。クラスで公開した時、委員長さんはどんな気持ちで僕等を見てたんだろうか。

それから、彼女は行動を起こさない。

一ヶ月で別れるなら……余計な波風を立てなくてもどうせ別れるだろう。下手に公開したら僕に自分と同じ傷を与えてしまうとか……そう考えたんだとか。

だけど、僕等の交際は一ヶ月で終わらない。

そこで彼女は考えた。もしかしたら、一ヶ月過ぎても続いてるのはもっと手ひどい振り方をするためなんじゃないだろうかと。

それと同時に、彼女は無意識に気づいていたんだと思う。僕等が、本当に交際している可能性を。だけどそれを彼女は認めることができなかった。

自分には訪れなかったものだから。

そして、なりふり構わなくなって、夏休み前の行動につながると……。

いやぁ……それならまぁ、仕方ない面もあるかなぁ……？　いや、許されない行動だとは思うけど逆の立場なら僕も似たようなことやりそうだよ。

だって好きな人から罰ゲームの告白受けて、その人が別の人に告白してフラれて、告白された人が罰ゲームの告白して……。

言っててこんがらがってきた。

委員長の最大の誤算は、僕がそれを知ってたことか。まぁ、僕にも衝撃の事実が多かったんでお相子かな？

「なんで……うぐぅ……何で知ってるのよぉ……」

「だって僕もその日に教室にいたからねぇ……」

「なんでよぉ……全然気づかなかったぁ……」

七海に慰められながら、涙とかでぐしゃぐしゃになった顔で委員長さんは僕を睨みつけてきたけど、もう全然怖くないや。

それにしても、昔の僕はどれだけ存在感が無いんだ。ほんとに忍者とかそういう類だったんだろうか。今ならもう少し気づかれる自信はあるけど。

それから彼女はしばらく泣き続けた。七海もつられてなのか、それとも委員長さんへの申し訳なさからなのか……彼女を慰め続ける。

抱きしめるようなその姿が、なんだか「お母さん」って感じがしたけど、この場の雰囲気にはそぐわないので口にはしない。でも後で言っておこう。

七海が委員長さんを抱きしめるように慰めてるから、僕は七海を抱きしめられない……それが少し寂しい。

それから、彼女はひとしきり泣き続ける。幸い、校舎裏には誰も来なかったので僕等が誰かに目撃されることもなかった。

委員長さんは七海に慰められて、ひとしきり泣いたらすっきりしたのか……やがて顔を上げて僕の方に怪訝な視線を向けてきた。

「ねぇ、簾舞君……ぐすっ……一つだけ聞いていい？」

「一つだけと言わず、何個でも答えるけど」

「とりあえず、一つでいいわ……」

軽口のような僕の言葉に、委員長さんは洟をすすりながら、涙をぬぐい、そして慰めていた七海から静かにゆっくりと離れる。

離れた瞬間、彼女が七海にありがとと小さく言うのが僕の耳に届く。

そして彼女は、気を取り直すように首を振るとまっすぐに僕を見据えた。

その視線を受けて僕は、一度だけ唾を飲み込む。なにを聞かれるのか……ほんの少しの緊張感が、僕の身体を満たしていく。

「……なんで罰ゲームだって知ってたのに、好きになれたの？」

好きになれた……かぁ……。

単純な質問だけど、非常に難しい質問だ。好きになれた……なれたかぁ。好きになったタイミングとかならいくつか候補は挙げられるんだけどな。

どうして好きになれたとか、そんなことは考えたことも無かった。

「罰ゲームだったけど、僕が彼女に好きになってもらえるように頑張ったからかな」

「……簾舞君が頑張ったの？」

「うん。まぁ、うまく言えないんだけどさ……。彼女に好きになってもらうってことは、つまりは僕も彼女を好きになるってことだったから」

「なにそれ……どういうことさ……」

卵が先か鶏が先か。

僕が彼女に好かれるための行動って、つまりは僕が彼女を好きじゃないとやろうなんて思わないものばっかりだった。

それをしていたから、僕は彼女が好きになった。

たいがい僕もチョロい男だったってことなのかもしれないし、因果関係が逆かもしれないけど、よく言うよね好きになるにはまず自分からって。

僕の場合は、それがたまたまカチッとハマったんだろう。歯車が上手く噛み合って、お互いに好きになれた。

運が良かったというのも違うけど、運を引き寄せたというか、色々な幸運が重なったのも確かなんだろうな。

何か一つでも違ってたら、今僕等はこうしていないだろう。

「でも、そっか……」

これで答えになっているかどうかは分からないけど、委員長さんは僕の答えに少しは納得してくれたようだ。何かを考え込むように、大きなため息を吐く。

そんな彼女を見て、七海も僕の方へと振り返る。

「……ごめんね、私の軽率な行動で迷惑かけちゃって。陽信も、私が巻き込んじゃってごめんね」

「そうだね……。でもまぁ、それについては僕も共犯みたいなものだし。七海の行動に巻き込まれるなら彼氏として大歓迎だよ」

そんなことないよとか、七海のせいじゃないよとか、本来であればそういった言葉をかけてあげるのが正解なのかもしれない。

だけど、事実から目を逸らしちゃダメだろう。七海もそれは望んでないと思う。

七海は罰ゲームの告白をした。僕はそれを知りながら受けて行動した。その結果がこれなら、それは二人のものだ。その上で行動しないと。

七海も僕の言葉を受けて、少し眉を下げながらありがとうと口にする。僕もその笑みを受けて微笑みを返した。

僕と七海の顔を交互に見た委員長さんは、少し悲しそうに、悔しそうにポツリと呟いた。

「……私も、罰ゲームの告白されたときに努力すればよかったのかな?」

「それは……どうだろうね。委員長さんは、すぐに罰ゲームだって言われたわけだし。努力しても……どうにもならなかった可能性もあるかも」

「簾舞君は厳しいね。でも……もしかしたら相手にも事情があったんじゃないかなって、今なら思えるよ。なんで罰ゲームの対象を私にしたのかとか」

冷静になった彼女は、当時のことを思い返しているのか遠い目をする。トラウマに向き合うのは怖いけど、今の彼女は必死にそれに立ち向かおうとしているようだ。

「もしも私が、なんでってところまで考えてたら……今ごろ、幼馴染と付き合えていたのかな……それとも、別れちゃってたのかな？」

まぁ、今更だけどねと委員長さんは笑う。

その笑顔は寂しそうだけど、どこか憑き物が落ちた様な笑顔にも見える。僕が感じてた、どこか芝居がかった感じも全くしていなかった。

ようやく彼女は、過去の出来事に自分の中で決着をつけられたのかもしれないな。

そして、彼女は大きく息を吸い、そしてゆっくりと吐き出す。深呼吸を何度もして、ゆっくりと目を閉じる。

そのままゆっくりと立ちあがると、目を開き僕等に対して深々と頭を下げてきた。

「二人とも、ご迷惑をおかけしました。ごめんなさい」

その口から発せられた謝罪の言葉に、僕も七海も顔を見合わせる。

委員長さんのこの姿は……もしかしたら、僕がたどっていた可能性なのかもしれないって今更ながら思う。

もしも僕と七海のボタンが掛け違えてて、何かしらの誤解が生まれて、こじれた関係になって……別れていたとしたら。

想像しただけで身震いをしてしまう。

でも、その可能性だって十分にあったわけだ。それが僕のあり得たかもしれない未来って考えると……きっと、全ての行動が無駄じゃなかったんだと思う。

罰ゲームの告白をされたことも、七海を……バケツから助けたことも。

僕の視線から僕の考えを感じ取ってくれたのか、七海は小さく頷く。僕も応えるように頷いて、委員長さんへと言葉をかけた。

「顔を上げてよ、委員長さん。少なくとも僕は大丈夫だし……七海は……」

「私も大丈夫！　許しちゃうよ‼」

もとはと言えば僕等がきっかけみたいなものだしね……。少なくとも、手紙の件とかそういうのを謝ってもらえたならそれでいい。

僕等の言葉を受けて委員長は顔を上げると、そのまま柔らかく微笑む。

「ありがとう……」

その笑顔はさっき浮かべていた寂しそうな笑顔じゃなくて、心からの笑顔に見えた。そしてホッと息を吐いた彼女は……そのままその場所にへたり込む。

「気が緩んだら腰抜けちゃった……。自分からやっといてなんだけど、色々と緊張してたんだよね……」

委員長さんは心を静めるためなのか、大きく息を吸ってから大きく長く息を吐く。何度も深呼吸を繰り返してるけど、しばらくは立てなそうだった。

落ち着くまでは、ここに一緒にいた方がよさそうかな。

「そういえば委員長さん、男子苦手だったんだ」

「中学の時ので苦手になったの……だから、簾舞君に話しかけるのも凄く勇気を振り絞ってたんだよ」

だから補習の時とかも僕と最低限の会話しかしなかったし、お昼も完全に別にしていたんだろうか。どこか芝居がかっていたのもそれが原因なのかも。

男子が苦手って辺り、七海ともちょっと似てるのかもしれない。七海も小学校の時に男子にされたことが原因で男子が苦手になったんだっけ。

七海はそのことをよく覚えていなかったけど、さすがに中学ともなればはっきりと記憶はしているだろうし……けっこうなトラウマだったろうな。

そのトラウマも……ここで少しは薄れればと思う。

「委員長、男子苦手だったんだ。お揃いだねぇ」

「茨戸さんも……苦手だったの？」

「うん。もうねぇ、ひどかったんだから」

今は彼のせいで少しは良くなったけどねぇと、七海は付け加える。委員長さんの事情を考えてか、僕の方を見るだけでくっついては来なかった。

そうなんだよね、僕としては少し複雑だけど……七海の男子への忌避感はだいぶ少なくなってきたと思う。あんまり近づかれると心配だけど。

その辺は、七海を信じていくしかないよな。

「そっか、彼のおかげ……。でも、簾舞君と付き合う前も割と大丈夫そうだったけど？」

「そうかな？　あー、でも大丈夫になるように当時も色々してたし……」

そこで七海は、何かを思いついたかのように人差し指をピンとたてた。そして、委員長さんをとてもいい笑顔で見ると……。何かを彼女に耳打ちする。

最初こそ戸惑っていた彼女も、七海の楽しそうだけどどこか真剣な説得に……やがて小さく頷く。

僕がその耳打ちの内容を知るのは……次の日になってからだった。

エピローグ　一日遅れのデビュー

僕と七海、委員長の話が終わった次の日、教室はちょっとした騒ぎになった。

いや、これは教室というか学校全体が騒ぎになったといっても良いかもしれない。何も知らなかった僕も驚いたし。

なぜそんな騒ぎが起きたのかを説明するには、昨日のあの後を話す必要がある。

昨日、僕は七海と一緒に帰らなかった。一緒に帰らなかったのはいつぶりだろうか？行くところがあるからって、委員長さんと一緒にどこかにいくのだとか。

僕は詳細をバロンさん達にも軽く相談……というか事後報告をした。最近はあまり報告は無くて普通に遊ぶだけだったから、なんだか懐かしい気持ちになる。

言われたことは一つだけ。

『無意識に傷つけてきた相手はやっかいだよ、気づけないからね。これからもそういうことがあるかもしれないから、気を付けて』

無意識に傷つけた人かぁ。

そういうのにまで気を配らなきゃならないとか、だいぶ面倒な気がするけど……今回のことはいろんな教訓を残してくれた気がする。

もうこれ以上は事件とかは勘弁してほしいけど……いざって時に動けるようにはしておかないといけないな。

今回は女性からだったから暴力的なことにはならなかったけど、今後そうならないとも限らない……。本気で総一郎さんに格闘技を教わろうかなぁ。

そんなやり取りをしてたら、七海から連絡が来る。

『明日、いつもより早めに学校いこー』

早めに……いつも割と早めだけどそれより早いのか。早起きしないといけないな。七海に了承したと返事すると、明日を楽しみにしてねと答えが返ってくる。

明日……なんかあったっけ？　とその時の僕は思っていたし、事実……教室に到着するまでは何にもなかったんだ。

僕等が教室について、人の少ない教室で話をしていたら……その時はやってきた。いつもと確実に違う、非日常が開始された。

教室に、見たことのないギャルが入ってきたのだ。

ぱっと見で、七海とはタイプの違う……少し細身だけど美人なギャルだ。

いったい誰なんだろうか？　誰かの知り合い……違うクラスの人か、学年の違う人かな……とか思ってたら、そのギャルはツカツカと僕等の下へと歩いてくる。

歩き姿は自信満々、胸を張って……体のあちこちを揺らしている。

七海達で慣れたと思ったけど、見ず知らずの人に急に近づかれるのは正直に言ってビビるな。ちょっと、身体が下がってしまう。

いや待て、七海だけは守らないと……と彼女の方をチラッとみると、七海は楽しそうにその女性に手を振っていた。

あれ？　七海の知り合い？

そっか、ギャル仲間さんとか……。なんだギャル仲間って。でも見たことない人だなぁ。

その女性は僕等の前に立つと、笑顔で手を上げる。

「おはよう、七海ちゃん。簾舞君」

「おっはよー、琴葉ちゃーん」

「……え？」

あっさりと応対する七海に、僕は混乱する。いや、名前呼ばれたけど誰なの?!

僕が混乱していると、琴葉と呼ばれたギャルは僕を覗き込むようにして目線を合わせてきた。いきなりのその行動に僕はドキリとしたんだけど。

「私だよ、後静琴葉」

「えぇと、ごめん……名前言われてもよくわからない……」

目の前にいるギャルさんは名乗ってくれたけど、僕はその名前に全然ピンとこない。僕の知り合いに、こんな感じのギャルはいないはずなんだけど。

ゆるくウェーブのかかった長い髪、七海と同じくらい短いスカート、大胆に開いた胸元、改造したであろう制服と少しのアクセサリー類。

首になんかこう……チョーカーっていうのかな、それも巻いている。うん、やっぱり知らない人だ。

そんな僕の反応を見て、目の前のギャルさんは引きつった笑みを浮かべて、七海はまたかぁと言わんばかりに苦笑を浮かべていた。

「……委員長だよ」

「えッ?!」

七海が紹介するように、掌を上に向けながら彼女を示す。えっと……委員長さんなの？

僕が驚きの声を上げるのと、教室がざわついたのは全く同時だった。周囲も、全然気が付いていなかったみたい。

そりゃそうだ、ここまでのイメチェンって……見たことがない。

あまりの変わりように、僕はまたじっくりと彼女の上から下を凝視してしまう。いやほんと、昨日と共通する部分がほとんどない。

僕に見られた委員長さんは、無表情でピースサインをする。

「……委員長さん、後静って名前だったんだ」

「これを見て出る感想がそっちなんだ」

的外れな僕の言葉に、委員長さんは軽く口の端を上げて笑みを作った。いやだって、混乱しちゃってるしまともなことなんて……。

「ほんとに簾舞君って、七海ちゃんにしか興味ないんだねぇ……」

無表情のまま、呆れたように言われてしまった。

確かに僕は、七海以外の変化についてはあんまり興味はないけど……そもそも僕は人の顔と名前を覚えるのって苦手なんだよ。それについては勘弁してほしい。

「それにしても……大胆に変化したねぇ」

「七海ちゃんに色々とアドバイスもらったの。こんな短いスカート穿いたことないから、ちょっと落ち着かないねぇ」

ペラリとスカートの裾を摘まみながら彼女はそれを軽く持ち上げる。僕の方向からは特に何が見えるわけじゃないけど、思わず吹き出しそうになった。

七海が慌てて僕の両眼をその手で隠しながら、委員長さん……後静さんに注意する。

「ちょっと琴葉ちゃん⁉　パンツ見えるよ⁉」

「あ、そっか。スカート短いからやっちゃだめか……でも、パンツくらいなら減らないし別によくないかな？」

「よくないよ！　何かが減るんだよ‼」

「そっかぁ……ギャルの服装ってのも自由に見えて面倒なんだねぇ」

減るんだ。

というか、後静さんこんなキャラだったのか。クールな印象かと思ったんだけど、実際には割とドジというか……天然系？

僕の怪訝な視線を感じ取ったのか、後静さんは今度は自身の上着の端を摘まむ。今度はそれをめくるようなことはしなかった。

「七海ちゃんが教えてくれたんだ。気持ち的に……強くなれるよって」

あぁ、なるほど。確かに七海も男子が苦手で、その苦手意識を克服するのに……ギャルのカッコで精神的に強くなろうとしてたんだっけ。

僕が後静さんに、もしかしたら僕に起きてたかもしれない可能性を感じたように、七海も彼女に自分と似たところを感じ取ったのかもしれない。

「私のコーディネート、どうかな？　可愛いよねぇ。私チョーカー似合わないから、羨ましいなぁ」

「そうなの？　七海ならチョーカーも似合うと思うんだけど」

「うーん、自分でつけるとなんか違うんだよねぇ……」

オシャレに疎い僕にはわからない世界があるようだ。そんな僕等のやり取りを、後静さんは柔らかく微笑んで眺めている。

補習中にあった、どこか敵意のある視線はそこからは全く感じられなかった。

「二人とも、改めて……ごめんなさい」

「もういいよ。でも……もう気持ち的には大丈夫なの？」

「正直に言うと、気持ち的にはまだモヤモヤしてる部分もあるんだ。二人に少し嫉妬する部分や、なんであんなことしたのかなとか……」

さすがに数年間抱えていた気持ちが、一日で完全にすっきりすることはなかったか。それでも、彼女の表情はある程度は晴れやかになっている。

そして彼女は、自分の胸のあたりに手を当てて笑う。その姿は、まるで誰かに言い聞かせているようにも見えた。

「でもね、今まで誰にも言えなかった話を聞いてもらえて、たくさん泣いて、気持ちを吐き出して……少し気は楽になったんだ。こんな気分は……久しぶり」

「そっか、それはよかった」

「いつでも相談に乗るから、遠慮なく言ってね」

……七海は凄いなぁと感心する。こんな風に言えるってのは僕にはできなそうだ。間違いを許す……って意味では、僕もまだまだモヤモヤしてる部分はありそうだ。

だけどまぁ、そんなもんなんだろうな。スイッチみたいに完全に切り替えられたら苦労はしない。結局、どこかで折り合いをつけるしかないんだろう。

きっとこの気持ちも、徐々に時間が解決してくれる。

「……私はきっと、簾舞君にはお詫びとかお礼とかで、ほっぺにキスくらいはした方がいいのかもしれないけど……」

「遠慮しときます」

「じゃあ、七海ちゃんにする？」

「それもヤダなぁ。いや、七海に恋愛感情がなければありなのか？」

みんな、彼女が同性同士でほっぺにチューってどう考えてるんだろ？　異性はＮＧだけど、同性は……ありかなしか。難問だ。

ま、後静さんは本気じゃなさそうだ。本気じゃないだろう言葉に僕は肩を竦めながら応対すると、僕等に注がれる視線が徐々に多くなっていく。

どうやらみんな、委員長の変わった姿が気になる様子だ。

夏休みデビューならぬ、夏休み明け一日遅れのデビュー。

そりゃ気になるか。逆に昨日とかだったらすんなり受け入れられてたんだろうか？

「……じゃ、何かあったらまた相談に乗ってね。私も……何かあったら力になるから」

視線が集まっていることに気が付いたのか、後静さんは僕等の邪魔になったら悪いからとそのまま立ち去って……教室の外に出て行った。

……え？　大丈夫なのかな？

ちょっと心配になりつつも、まぁ委員長をやってた彼女なら大丈夫だろうと僕は七海に視線を戻した。七海は……ちょっとだけ頰を膨らませていた。

僕はその、膨らんでいるほっぺたを突っついて中の空気をぷしゅーっと出してみる。

「どしたの？」

「むー、心配が現実になったかも？」

「心配？」

「琴葉ちゃんが、陽信好きになるのかもって」

色々と終わって一安心……と思ってたけど、七海の心配はつきないようだ。きっと、こんな悩みは常に付きまとうんだろうな。

ただまぁ、後静さんが僕を好きになることはないと思うよ。

ちょっと心配そうにする七海を、どうすれば安心させてあげられるのか……。さしあたって今日の放課後、楽しい楽しいデートをしようかな。

こうして僕等に起きた一連の騒動は……一応の決着となるのだった。

ちなみに、後静さんがギャルになった件は教室内に留まらず……先生方の話題にまで上ることになった。

原因が何か知らないかって、僕が先生たちから聞かれることになるんだけど……まぁ、それは些細なことだ。

あとがき

7という数字は特別な意味が込められていることが多い気がします。一週間だったり、七福神や七不思議、七つの海とかもありますね。

宗教的なものだと七つの大罪とか。七つの大罪は色んな作品でモチーフに扱われることが多いので、何気に馴染み深かったりする人も多いのでは。

そんな縁起のいい数字を持つ7巻です。ラッキーセブンです。7巻、いかがでしたでしょうか。楽しんでいただけましたら幸いです。

私個人としては7冊目、コミカライズも合わせれば9冊目となりました。コミカライズの2巻も先日発売されております、そちらもよろしくお願いします。

今回は少しだけ波乱を含んでおりました。とは言っても軽めの波乱でして。…もしもそういうのを期待してた方には申し訳ないです。

期待外れだったら、完全に私の実力不足ですね。ただ、私としてはこの二人に破局寸前の波乱とかが訪れてほしくないなぁ……と思ってたりします。

今後どうなるかは分かりませんが……。

ただ、この二人ならそんな展開が来てもイチャつく材料にしていつまでも仲良く一緒にいるんじゃないかなぁとも考えてたりします。

夫婦喧嘩は犬も食わないと言いますか、そういう周囲から見て微笑ましくなるような喧嘩しかしなさそうです。

安心して読めるラブコメ。そんな作品が世の中にあってもいいんじゃないかなと思いつつ、日々執筆をしています。

それにしても、今年の夏は暑かったですね……というか、現在このあとがきを執筆している時点でも少し暑かったりします。

北海道は二十九年ぶりに連続真夏日を更新し、実際に本州よりも暑い日がありました。

去年も暑かったですが、今年はそれ以上でした。

奇しくも劇中も夏でしたが、さすがにここまで暑くはないですね……。来年はどうなってしまうんでしょうか。今から少し怖いです。

劇中も夏……と記載しましたが、今回で夏もほぼおしまい。これからは秋、そして冬へと季節は巡っていきます。

秋も冬も高校生はイベントが目白押しです。服装もいろんな格好をさせてみたいですね。残暑ならまだ薄着、秋で少し厚着になり、冬には冬の装いを……。

そんな風に、どんなファッションを七海にさせるのか楽しみです。

もしもこんな服装を……というリクエストがありましたら教えていただければ幸いです。


それにしても7巻が発売されるまでの間に、色々なことがありました。コミカライズの2巻が発売する、7巻のタペストリー付き版が出る、私が十二指腸潰瘍になる……。

そして……ボイスコミック化です。陽信、七海達に声が付きました。

以前にASMR動画にはしていただいてたんですが、今回はそれとはまた違う動画です。コミカライズに声が付きました。

収録にも少し立ち会わせていただいたんですが、感動でしたね。まさか……自分の人生で声優さんの収録に立ち会う日が来るとは。

とても素晴らしいものになってますので、ＹｏｕＴｕｂｅのエースこみっくチャンネル様をぜひご覧になってください。

高評価とかいただければ、今後につながりますのでよろしくお願いします。

これもすべて読者の方々、並びに関係者の方々のおかげです。人生日々新たな体験がありとても楽しい執筆生活を送らせていただいています。

今後も、こんな風に色々な経験ができれば最高ですね。


かがちさく先生には7巻も素晴らしいイラストを描いていただけまして、感謝しております。今後もよろしくお願いします。

コミカライズ版を担当していただいている神奈なごみ先生、2巻の発売でも素晴らしい漫画をありがとうございます。

そして7巻をもって当方の担当様が交代となることとなりました。私がやらかして交代……とかではなく非常にポジティブな交代です。

私が本を出せたのは担当様のおかげでして、お声がけいただかなければ、こうして皆様に7巻をお届けすることも無かったと思うと寂しいです。

またいつか、一緒にお仕事できることを願ってます。

そして新担当のS様、これからよろしくお願いします。当方、不慣れな面もあるためご迷惑をおかけするかもしれませんが一緒にいい作品を作っていければと思います。

無事に終わってホッとして……さて、次はどんな物語を書きましょうか。今から楽しみです。

それでは、８巻……８巻があればお会いしましょう。

……あるよね？

２０２３年10月　８巻をどうしようか考えてる結石より。

次巻予告
手紙の件の決着が着いた陽信と七海。しかし、委員長がギャル化したことで陽信に落とされたのではという噂が立ち、『簾舞ハーレム』という不名誉な呼び名が付いてしまうことに！

イメージ払拭のため陽信は男友達を増やすことを決意。文化祭と修学旅行という二大イベントで果たして陽信は男友達を作ることができるのか!?

また、かつて委員長に罰ゲームの告白をした陽信と同い年の少年・弟子屈が陽信に近づいてきて……？

波乱の二学期が今始まる！

文化祭に修学旅行と
二人のイチャイチャは
止まらない!?
全編書き下ろしのシリーズ最新8巻
2024年初春発売予定!!

ROUND

陰キャの僕に罰ゲームで告白してきたはずのギャルが、どう見ても僕にベタ惚れです 7

2023年10月1日　初版発行

著者――結石

発行者―松下大介
発行所―株式会社ホビージャパン
〒151-0053
東京都渋谷区代々木2-15-8
電話　03(5304)7604（編集）
　　　03(5304)9112（営業）

印刷所――大日本印刷株式会社
装丁――AFTERGLOW／株式会社エストール

Printed in Japan
ISBN978-4-7986-3309-1　C0193

天才女優の幼馴染と、キスシーンを演じることになった 1

著者／雨宮むぎ
イラスト／Kuro太

そのキス、演技？ それとも本気？

かつて幼馴染と交わした約束を果たすために努力する高校生俳優海斗。そんな彼のクラスに転校してきたのは、今を時めく天才女優にしてその幼馴染でもある玲奈だった!? しかも玲奈がヒロインの新作ドラマの主演に抜擢され——クライマックスにはキスシーン!? 演技と恋の青春ラブコメ!

発行：株式会社ホビージャパン

忘れられ師の英雄譚 1

聖勇女パーティーに優しき追放をされた男は、記憶に残らずとも彼女達を救う

著者／しょぼん
イラスト／ㄘ

大事だからこそ追放する!?
絆と記憶の物語!

異世界転移し、苦難の末Sランクパーティーの一員となった青年・カズト。しかし彼は聖勇女・ロミナによって追放され、能力の代償として仲間たちの記憶から消え去った——。それから半年後、カズトは自分に関する記憶を失った仲間の窮地に出くわし、再び運命が動き出すことに……!

ＨＪ文庫